El Indio Filósofo

EL INDIO FILÓSOFO

Serner Mexica

Prefacio

Los siguientes relatos configuran mis mejores experiencias en el transcurso de dieciséis meses, dramático lapso en el que intentaba sobrevivir como escritor y, luego de haber solicitado mi divorcio para liberarme de una falsa relación, luchaba por superar el trágico momento de ruptura física y metafísica. Y aunque la *física* fue fácil de superar, la *metafísica* significaba volver a interpretarme como individuo en un proceso de re-construcción filosófica.

El primero cronológicamente hablando es "Molière y el policía", relato con el que valoré mi existencia como no lo hacía en mucho tiempo, como consecuencia redimensioné mis posibilidades humanas y, el haber vivido varias situaciones límite, encontré una verdadera inspiración como escritor. Entonces comenzó un periodo de búsqueda literaria a través de las calles, la noche y los oscuros contextos que tenía que indagar por mi trabajo periodístico. Le perdí el miedo a los prejuicios, me atreví a conocer ideas diferentes y, fundamentalmente, dejé que mi ser fluyera con el sentido del devenir. Encontré la sensibilidad en ámbitos que me parecían insensibles, cierta racionalidad en entornos irracionales y, sorprendentemente, una desconocida valentía que enigmáticamente reside en mi interior. Dejé de sentirme responsable por las acciones ajenas, me liberé de la moralidad inauténtica y, mediante un complejo proceso mental, abandoné mi ridícula pretensión de querer controlar las emociones ajenas. Tuve conciencia real de mi libertad y, por consiguiente, total responsabilidad por mis acciones. Mi pensamiento armonizó con mi espíritu, comencé a escribir fluida-*mente* y, sobre todas las cosas, actué conforme *la voz de la verdad* en lo más profundo de mi ser. Así llegamos a la última narración, "La bomba de Norcorea", el texto que concluye la fase más importante de mi evolución poética.

Por último quiero agradecer a Mariana Serner, Sergio Serner y Sofía Serner por haber inspirado el fondo filosófico de la presente obra.

CONTENIDO

La Chingada de Octavio Paz

A Roberto Bolaño

Estoy en el panteón, frente a la lápida de mármol negro de mi maestro y mentor. Hoy es su cumpleaños y por ello vengo acompañado.

Conocí a Tannen un viernes por la tarde, llovía y la neblina se metía hasta la biblioteca central, donde quedábamos de vernos los del taller de poesía. Las sesiones tenían dos tiempos, el primero sobrios y el segundo pedos. Algunos se iban al medio tiempo, entonces aparecían los mejores textos. Tannen era el último que leía, esa vez se quitó los lentes oscuros y sus palabras hicieron temblar el continente poético de todos los presentes. Primero un silencio, luego murmullos en ascenso y finalmente júbilo. Tannen agradeció y discretamente se retiró, a nadie le extrañó, al parecer su rutina. Decidí seguirlo. Aún briznaba cuando una atractiva motociclista lo recogió en el estacionamiento de la Facultad de Arquitectura. Cabello rubio saliendo del casco, estéticos pechos y prominente trasero forrado de cuero negro. Se alejaron, ella conduciendo y aquél vampiro abrazándola.

Toda la semana me la pasé escribiendo un poema que quería que escuchara, incluso lo integré al engargolado de mis mejores escritos, pero no asistió a la siguiente sesión. El taller nunca estuvo tan solo, no obstante, en mi retirada descubro anuncios en todas las paredes de Ciudad Universitaria. El estreno de una obra de teatro:

La Chingada de Octavio Paz
escrita y dirigida por W.S. Tannenbaum

Auditorio Alfonso Caso, viernes, veinte horas. Miro mi reloj y no funciona, pregunto a un compa y faltan cinco minutos. Emprendo la carrera y atravieso las islas esquivando las piedras hundidas entre la hierba mojada. Hoyos tramposos, el agua en mi cara y una lluvia de locos, peinándome, peinando mi mente y clarificando mi entorno. Llego derrapándome cuando dan tercera llamada y busco un lugar alejado de todos, imposible, está lleno. Oscuridad, iluminación paulatina. Entra un indígena y se pone a filosofar sobre el ser, luego sobre su existencia y naturaleza; y mientras la reflexión sucede aparecen, poco a poco, las preguntas sobre su identidad, esencia o forma aristotélica. Destruye con artillería filosófica los argumentos de varios intelectuales sobre el concepto de mexicano fundamentado únicamente en su ansia de generalidad, entonces, se transforma en un gigante de Tula para criticar *El laberinto de la soledad*. Cuestiona sobre la naturaleza misma del ensayo. ¿Es poesía? ¿Ciencia social? ¿Psicología? ¡Es un chiste gramatical! Toda la obra es una mescolanza errática de juegos de lenguaje. Absurdos en las afirmaciones, reflexiones y consecuentes conclusiones. Un relámpago ilumina la escena y el trueno cimbra el lugar. Un guerrero prehispánico nos cuenta la historia de la humanidad en América hasta situarse en el imperio Azteca. Se desdobla y el escenario se parte en el dualismo cósmico.

Los dos mundos.

Dos actores, dos personajes, dos universos. El mundo hispánico y el mundo prehispánico, su verdad en versión radical. Para los primeros esto era un salvajismo perdido espiritualmente, un mundo atrasado y pecador y viceversa; tierra de nadie, tierra perdida de almas sin su presencia. Para los segundos esto era una utopía mística y el verdadero salvajismo vino de España. La primer crítica: el extremismo cósmico. *Salen.* Entra una mujer que desafía el capítulo cuarto a través de preguntas. ¿Hay palabras prohibidas? ¿En qué sentido? ¿Secretas, sin contenido claro, de mágica ambigüedad? ¿Sólo las proferimos cuando no somos dueños de nosotros mismos? ¿Palabras que no dicen nada y que dicen todo? ¿Palabras malas? ¿La poesía al alcance de todos? ¡Viva México, hijos de la chingada! ¿Un verdadero grito de guerra?

¿Cargado de electricidad particular, reto y afirmación de nuestra patria? ¿Disparo contra un enemigo imaginario? ¿Una explosión en el aire? ¿Un grito frente, contra y a pesar de los demás? ¿Y quiénes son los demás? En su respuesta se gesta una inesperada paradoja. Los hijos de la chingada son los extranjeros, los malos mexicanos, nuestros enemigos, nuestros rivales; *los otros*. ¿Y quiénes son los otros? Aquellos que no son lo que nosotros somos. ¿Y qué somos *nosotros*? Evidentemente no los hijos de la chingada, sin embargo, Octavio Paz busca en la pregunta por los otros la naturaleza de nosotros. ¿Quién es La Chingada? La madre de los mexicanos. ¿No que era la madre de los otros? Afirma que no es una mujer de carne y hueso, sino una figura mítica; también una de las representaciones mexicanas de la maternidad como La Llorona y la sufrida madre del diez de mayo. ¿También figuras míticas? Tal vez La Llorona, pero la madre sufrida sí es de carne y hueso. La Chingada, continúa, es la madre que ha sufrido metafórica (como La Llorona) o real (como la de carne y hueso). ¿Quién es, entonces,

La Chingada? ¿La madre mítica de los otros o de nosotros?

El apoteótico final de la obra en tres partes. Primero, la tesis de La Chingada es una interpretación melodramática (*la madre violada*) que nos justifica de todo en el papel de víctimas y se erige la culpa de los otros como la causa de todas nuestras desgracias. Segundo, nunca fue violada; los propios chontales, cempoaltecas y tlaxcaltecas (entre otros) fueron los que regalaron sus mujeres al enemigo triunfante. Si hubo violación, los caciques indígenas son cómplices. Tercero, su visión criolla inclina su balanza paternalista a favor de los mexicanos (las víctimas) pero su visión machista lo explica a través de la mujer violada (la chingada). ¿Y quiénes son las víctimas? ¿Todos los pueblos en el paso de Cortés o sólo el imperio de Moctezuma? No pueden ser ambos. ¿O sí? *Telón.* Un gran silencio. Gritos a favor y en contra, aplausos chocando con chiflidos y mentadas, los hijos de ambos mundos finalmente desnudos.

De lo que no se puede hablar hay que callar, dice Wittgenstein en su *Tractatus.*[1] Esperé a que saliera Tannen y le regalé mi engargolado, lo hojeó y sonrió; pidió que se lo leyera en lo que caminábamos al coche con toda su comitiva. Amigos, novias, fans y seguidores. Al llegar a una camioneta pick-up se despidió y apenas le había leído un poema que, por cierto, me pareció horrible en voz alta. No se impresionó. Quise leer otro pero ya tenía que irse, entonces le pedí acompañarlo hasta donde pudiera con tal de compartirle los restantes. Me miró, miró mis ojos de necesidad literaria y, afortunadamente, aceptó. Me tuve que ir en la caja mientras, por una pequeña ventana a la cabina, le leía los peores poemas del mundo. En el papel parecían bellos pero al leerlos eran horribles y se caían a pedazos. Llegamos a un edificio en la colonia del Valle y percibió mi frustración; me invitó, tratando de consolarme, a un taller de poesía los viernes en la biblioteca central. Sentí un hoyo en el pecho. No soy nadie. Ni siquiera se había percatado de mi existencia en el taller.

---

[1] Wittgenstein, L., *Tractatus Logico-Philosophicus*, Alianza Universidad (Madrid) 1997, parágrafo 7, p. 183.

Soy artísticamente invisible.

Asentí sin aclarar nada y esperé a que toda su comitiva entrara al edificio. Me quedé solo unos segundos y aspiré muy hondo cuando descubro a una chica embarazada descendiendo con dificultad de un taxi y cargando varias bolsas del mercado. Desperté de mi letargo y la ayudé, me agradeció apenada y la acompañé hasta la puerta de su departamento en el tercer piso. Noté un moretón en su ojo apenas oculto en el maquillaje; quise meter las bolsas a su casa pero se negó y casi me cierra la puerta en la cara. Pregunté su nombre. *Daniela.* En el departamento de enfrente había música y ruido de fiesta. ¿Tannen? Seguramente. Me fui caminando a casa más deprimido que nunca. Esa noche no pude dormir y pasé la madrugada escribiendo mis tragedias. Quedé dormido sobre papeles tachados y rotos.

Al despertar decidí buscar a Tannen. Fui a su edificio y subí al tercer piso, parándome frente a la puerta de lo que creía era su depa cuando, justo antes de tocar, sobrevino un fuerte golpe proveniente del departamento de Daniela. Segundos después, ella abrió la puerta para huir y un gigantesco brazo la sujetó por la nuca arrojándola al piso de espaldas. Quise intervenir pero un tipo musculoso me detuvo en un grito. ¡Tú no te metas! Y cerró azotando la puerta. ¿Daniela? Pregunté y, a través de la puerta, el grito de amenaza se repitió. ¿Qué hago? Ya no me dieron ganas de ver a Tannen. No quería nada pero tampoco quería ir a mi casa así que me senté en la fuente seca del parque Da Vinci. Suspiré hondo mirando a todos los paseantes y, mágicamente, vislumbré una vieja librería al otro lado de la calle; entré impulsado por no sé qué. Me topo de frente con un ejemplar de *El Laberinto de la soledad*. Fui a mi casa y lo leí de una sentada, hice algunos apuntes y, después de una siesta, pude comprender la paradoja.

¿Qué significa chingar? Octavio Paz ofrece un análisis ingenuo del lenguaje; busca, en un número limitado de casos, un elemento o conjunto de elementos en común y poetiza sobre éstos desde la periferia del método platónico. Supone que hay algo en común a todos los diferentes usos del verbo chingar y descubre la agresión como su esencia. La prueba definitiva es sustituir 'chingar' por 'agredir' en todos los usos del lenguaje, si efectivamente la agresión es la esencia del chingar, entonces no cambiará el significado de la oración y, por tanto, su valor de verdad. Tres sencillos contraejemplos: ¿Me lo chingué = (Me) lo agredí? ¿Chingoncito = Agresivito? ¿Se lo llevó la chingada = Se lo llevó la agredida?

Chingar, según Paz, es una voz mágica, un verbo que denota violencia, "salir de sí mismo y penetrar por la fuerza a otro"[2]. También denota, continúa el poeta: herir, rasgar, violar (cuerpos, almas u objetos) y destruir. ¿Si algo se rompe, se chingó? ¿El que lo rompe es el chingón? ¿La idea de romper y de abrir reaparece en casi todas las expresiones? "Voz teñida de sexualidad".[3] ¿El que chinga jamás lo hace con el consentimiento de la chingada? "En suma, chingar es hacer violencia sobre otro".[4] Sin embargo, violencia exclusiva del macho: "verbo masculino, activo y cruel que pica, hiere, desgarra, mancha"[5]. La mujer, la chingada,

---

[2] Paz, O., *El laberinto de la soledad*, Fondo de Cultura Económica (México) 2004; p. 84.
[3] *ibídem* p. 85
[4] *ídem.*
[5] *ídem.*

es la pasividad pura, lo abierto e inerme ante el exterior; lo opuesto al macho que es lo activo, agresivo y cerrado. "Chingón es el macho que abre".[6] La relación, sostiene Paz, es violenta y determinada por el poder cínico del macho (*lo cerrado*) y la impotencia de la chingada (*lo abierto*). Una caracterización machista del chingar, y consecuente sumisión de la mujer a través de La Chingada que define como la madre de los otros; luego la bautiza como figura mítica y madre de los mexicanos (ya no los otros); y finalmente la erige como arquetipo femenino de la relación (*agresión*) sexual a través del verbo chingar. Suspiré, suspiré hondo; miré por la ventana de mi cuarto y las nubes cubrían lentamente el cielo.

Había comprendido aquello de lo que no se puede hablar, sólo *mostrar*.[7]

No volví a ver a Tannen por el taller de poesía y mi entusiasmo se disolvió; llegaba tarde, me salía en el medio tiempo y finalmente dejé de asistir. ¿Para qué? Llegué a la avenida insurgentes y

---

[6] *ídem.*

[7] Wittgenstein, *op. cit.*

aventé mi engargolado de poemas a una gran coladera. Lo mejor será quitarme sueños irrealizables de la cabeza. No tengo la chispa, no tengo el espíritu, no tengo los genes; no tengo el talento para escribir. Llegué a casa y rompí todos mis apuntes. Nunca voy a ser como él. Jamás podré lograr lo que él. Les prendo fuego y mi rostro se ilumina de rojo. Nunca podré ser un poeta como él. Jamás haré algo trascendental. Suena el teléfono. Es Tannen. Tiene fiesta en su depa y quiere platicar conmigo de poesía. Una línea de coca metafísica.

Llego feliz al edificio, aunque también nervioso; arribo y compruebo su puerta frente a la de Daniela. Me acerco un poco a ésta con la intención de saludarla. Decido no meterme en problemas y regreso a la puerta de la fiesta. Mucha gente bebiendo, bailando y platicando mientras la música electrónica rebota por todos los rincones. Me saluda Tannen. Estás en tu casa, más al rato platicamos. Como algo, bebo un poco y me pongo a platicar con algunos. Mucha gente de teatro. Me saca a bailar una muchacha, luego otra y luego otra; y entre giro y brindis, brindis y giro, termino derribado en un sillón con muchas náuseas. ¿Estás bien? Asiento y cierro los ojos. No quiero que me muevan. Despierto y la fiesta se ha terminado. No hay nadie en la sala y no encuentro mis zapatos. Siento una cruda horrible. Tropiezo con un aparato y se enciende la música en alto. Sale Tannen de una habitación, entero, como si no hubiese tomado. ¿Quieres una cerveza? Niego e intento no vomitar. Se sienta a mi lado prendiendo un toque que niego cuando me ofrece. ¿Te gustaron mis poemas?, le pregunto y niega; siento que el vómito se me va a la cabeza. No me gustan, aclara, porque quieres escribir como otros; por momentos aparece tu voz, pero de inmediato te callas y vuelves a expresarte como otros. Eso es ser falso.

—No puedo escribir como tú, Tannen.

—Nuevamente escribir como otros; tu experiencia es única, tu punto de vista y perspectiva teórica del mundo es única. Sólo tienes que ser sincero, auténtico, y podrás tocar el alma del universo.

Golpes, gritos y cristalazos provenientes del departamento de enfrente. Tannen y yo acudimos llamando a la puerta, yo detrás de él. Nadie abre y comienzan los gritos de auxilio de Daniela. El llanto de un bebé; Tannen derriba la puerta y entramos. Daniela protege a su hijo mientras su pareja le pega en la espalda. Tannen toma por el cuello al gigante pero éste lo derriba fácilmente. ¡No te metas! Yo intento ayudar pero me da un puñetazo en la cara que me deja de rodillas. Tannen vuelve a enfrentarlo dándole tres golpes certeros y lo derriba; ayuda a Daniela a levantarse y carga al bebé, salimos. Estamos a punto de entrar al depa de Tannen cuando el gigante nos sorprende con un arma. ¡Bang! ¡Bang! ¡Bang! Tannen lo desarma, lo derriba y de un golpe en la quijada lo deja inconsciente, la sangre le escurre y yo estoy en el piso con una herida de bala en las costillas. El bebé llora y Daniela lo cubre arrinconada, pero ambos están bien. Auxilio a Tannen y tiene dos orificios de bala, uno en el cuello y otro en la cara. Me mira, sonríe y muere en mis brazos.

Veo a Daniela los domingos, cuando lleva a su hijo al parque y puedo jugar con él en el cajón de arena. Platicamos poco y todo nos lo decimos con los ojos. El próximo domingo iremos al panteón. Es el cumpleaños de Tannen.

Molière y el policía

Era domingo, el día estaba soleado y el cielo despejado. Un pajarillo se posó en mi ventana y, luego de unos momentos, tomó con su pico una galleta de chocolate que tenía en mi escritorio y se perdió entre los árboles del jardín. Suspiré hondo. Fui al baño y me miré al espejo. Crudo otra vez. No vuelvo a tomar, al menos, dos días seguidos. Me bañé con agua fría y desperté por completo. Revisé mi agenda y tenía dos eventos. El estreno de una obra de teatro y una fiesta. Opté por la primera, no sólo por la reciente promesa sino, sobre todo, porque una amiga era la asistente de dirección. Quería saludarla y conocer su trabajo en *El enfermo imaginario*.

La cita era las seis en el espacio Contigo América. Llegué tarde. Entré a la calle de Arizona por Nebraska y había un mercado sobre ruedas que impedía el paso. Estacioné el coche donde pude y corrí varias cuadras hasta el foro. Me encontré con un letrero y una agradable anciana. "Ya comenzó la función. No tocar." ¿Ya comenzó la función?, me preguntó. Dije que tal vez no y me pidió que la esperara pues tenía que cerrar su casa con llave al otro lado de la calle. Regresó y tocó la puerta. Alguien salió y nos dijo que ya no podíamos pasar; la anciana argumentaba que un muchacho bien parecido le había dicho que aún no comenzaba la obra. No se acordaba que yo era aquel muchacho o ya no le parecía tan buen mozo. Acompañé a la doña hasta su casa y al regresar, aprovechando que me habían dejado la puerta abierta, pude entrar al foro.

Me encanta Molière, me divertí mucho y me gustaron todos los actores. Terminó la obra y en la recepción ayudé a repartir el vino entre los asistentes. Y entre que servía y servía, pues me tomaba una que otra. Si es estreno es un brindis, no una peda. Sin embargo, al terminar de servir ya me había tomado como diez vasos. Tal vez por eso el vino se acabó tan rápido. Me puse muy platicador. Luego de que dos hermosas mujeres se negaran a que las llevara, me encuentro caminando de regreso al coche. No pude despedirme de mi amiga y eso me deprimió un poco, entonces pasé al primer oxxo. Una cerveza, sólo para refrescarme pues el tinto me deja la boca seca. Un brindis y una cerveza no son una peda, no obstante, llegando a San Jerónimo me había terminado la cerveza y ya andaba entonado. Pasé al segundo oxxo.

Al estacionarme vi a un policía y, como un auto estacionado ocupaba dos lugares, le pregunté si no había problema si pisaba, por un momento, el cajón contiguo. Negó con la cabeza. Compré una botella de vino y una cajetilla de Delicados con filtro, no tardé ni dos minutos en entrar y salir. Al llegar al auto el policía me sorprendió con un interrogatorio. ¿Viene tomando? ¿Y esa cerveza en el auto? Sacó su radio y temí por mi seguridad, porque de seguro iría al torito con mis niveles de alcohol en la sangre. Subí al auto, puse los seguros y me eché en reversa para retomar periférico, el camino libre para acelerar y alejarme de aquél héroe de la justicia. Empero, se puso frente a mí impidiéndome el paso, lo esquivé para no arrollarlo y me introduje en la lateral; de manera sorprendente se aventó sobre el cofre y, sosteniéndose de los limpiaparabrisas, me gritaba que estaba detenido. No quería ser arrestado pero tampoco atropellarlo. ¿Acelero? ¿Me detengo? Mientras me hacía, a la velocidad de la luz, todas las preguntas y posibles consecuencias, fuimos embestidos por un camión de la ruta Toreo-Cuemanco.

Abrí los ojos en una habitación del hospital Ángeles del pedregal. Revisé mi cuerpo y estaba completo, pero tenía el brazo izquierdo roto y un collarín. Pregunté por el estado de salud del policía y estaba bien, una pierna rota pero bien. Sentí tranquilidad por ello. ¿De qué me van a acusar? ¿Ya saben mis amigos y familiares lo que pasó? Mientras especulaba escuché que alguien se acercaba. Era el policía. Entró en muletas y me amenazó con todos los delitos que se me iban a imputar; él era testigo de todo. Le pedí que no dijera nada y se negó, saliendo a paso muy lento de la habitación. Pinche necio. ¿Él o yo? Reflexioné en todo lo que iba a pasar. Tuve una pesadilla en la que me mataban en la cárcel. Desperté sudando como a las tres de la mañana y ya no pude dormir. No quería dormir. Tenía que solucionarlo. Resolverlo. Tenía que hacer algo. Por la mañana vendría el ministerio público, me interrogarían; tenía sólo unas horas para escapar de la situación. Entonces me vino a la mente una macabra determinación.

Entré a la habitación del policía y dormía profundamente. Tomé con cuidado el suero que lo alimentaba y lo vacié en el lavabo. Lo llené de agua con algo de jabón en gel transparente y volví a integrarlo a la jeringa intravenosa. Me retiré aguantando la respiración.

Hoy por la mañana me dieron de alta. En mi declaración dije que el fallecido policía me estaba echando aguas cuando fuimos embestidos. El seguro del camión se encargará de todos los gastos y daños a terceros. Lo primero que hice al salir del hospital fue regresar al oxxo de San

Jerónimo, compré un six de corona y dejé una en el estacionamiento, como una flor, en memoria del policía. Las otras cinco me las estoy tomando ahora, mientras escribo esto. Al terminar iré por unas galletas de chocolate y releeré a Molière.

La serpiente y mi muerte

Cuando tenía ocho años acompañaba a mi padre al rancho La Palma todos los fines de semana, a media hora de Poza Rica y en una cuenca de montes selváticos flanqueados por riscos y un gran río caudaloso. La casa no tenía energía eléctrica, era de madera y tenía un porche como en las películas vaqueras. Ahí vivía mi tío Rommel, quien se parecía a Hitler, la diferencia en el rostro residía en el bigote y sus ojos, uno a la Chaplin y el otro a la Pedro Infante, la influencia de estas tierras en su condición de inmigrante. Lo imaginaba ataviado en su *Lederhose* mientras bailaba canciones bávaras.

Reía sólo de verlo, hasta que él me miraba serio y yo regresaba a lo que estaba haciendo; aunque en silencio me seguía riendo.

Rommel era el hermano mayor de mi padre y el único en criar ganado suizo en la región, su conexión con un pasado que sólo en los recuerdos familiares daba sentido a sus diferencias con el resto de los ganaderos. Más bien parecía relojero. Disciplina, exactitud y obsesión por el cumplimiento de la regla. El trabajo era la regla, la regla de hacer el trabajo y hacerlo bien como su única regla. En vez de relojes, las vacas y los becerros; en vez de la maquinaria exacta, el cumplimiento ordenado y preciso de la jornada. No obstante, el tío Rommel era una persona que, a pesar de sumergirse en lo que aparentemente más quería, estaba más amargado que nadie en el mundo. Con mi padre casi no se hablaba y, de manera misteriosa y extraña, se entendían sólo con la mirada. A mí me intimidaba.

Salíamos de ciudad de México los viernes por la tarde o sábado por la mañana, pasábamos al estado de Hidalgo a visitar a una de mis tías y, luego de cenar o desayunar, proseguíamos nuestro camino hacia La Palma. Dos horas, mínimo, a partir de Tulancingo. Llegábamos directo al rancho, si es que ya habíamos comido, o pasábamos a Lázaro Cárdenas, un pueblo que en esos días era sencillo y pequeño, ahora extenso y complejo con mucho tráfico en la longitud de su trecho en constante crecimiento. Recuerdo que siempre pedía tacos rellenos de huevo, a veces de cecina; si era desayuno o cena bebía un licuado de fresa o plátano, si era almuerzo o comida me tomaba un *Seven up* o un *Squirt.*

La actividad en el rancho iniciaba limpiando las sillas de montar y preparar a los caballos para emprender el viaje de dos horas, mínimo, a la montaña de Tonalistli, donde se encontraba el ganado cebú. Ciento veinte cabezas. La joroba del cebú siempre me llamó la atención, sus curveados cuernos y grandes orejas caídas, su mirada de tristeza y su sentencia como tragedia de su breve existencia. Me gustaba verlos caminando, serenos, buscando pasto o echados y rumiando a la sombra de un árbol, muy despreocupados. Parecía que mascaban chicle y la nada era lo único que les importaba. En cierta forma, vivían en estado de nirvana.

La serpiente apareció un día caluroso, húmedo y denso el aire aunque refrescado por momentos por el viento que bajaba de la montaña a nuestras espaldas. Yo montaba al Chivigón, el caballo color chocolate que siempre me tocaba en los viajes; mi padre viajaba en El Palomo, uno joven, alto y blanco; el mío, en cambio, era viejito y chaparro, pero muy tranquilo y cariñoso el condenado. Ascendíamos un precipitado acantilado, ruta conocida para los caballos pero por las lluvias ablandada, debilitada y adormecida por las grandes aguas. Un camino serpenteando de vértigo. No había que voltear atrás sino echar todo el cuerpo hacia adelante, ayudando al caballo en su escalada desquebrajada por las pequeñas piedras brincando y rodando entre sus patas. Y, mientras tanto, el sol bañando la montaña.

Mi padre iba a la cabeza, seguido por dos vaqueros, luego venía yo y, a la retaguardia y sobre una mula, David, el hijo de un peón. Entonces un constante sonido, repetido y con un eco suave y persistente; me detuve a escuchar. El cascabel como advertencia, mezclándose con infinidad de sonidos. Aves, roedores e insectos por todas partes. El Chivigón se detuvo y David reclamó mi interrupción del paso.

—Escucha… —expliqué.

—No es nada —contestó él—, ¡tú síguele dando!

Mi padre y los vaqueros se perdieron de vista al ascender por completo la colina.

—Tranquilo, Chivigón, tranquilo…

—¡Adelante, carajo!

David golpeó con una vara las ancas de mi caballo, quien asustado y temeroso se acercó a la serpiente. Lo mordió en su pata haciéndolo alebrestarse sin control, yo caí al suelo y él corrió estrepitoso hacia la nada cuando se desbarrancó.

La serpiente frente a mí, sacando su lengua y mirándome fijamente y con subestimada grandeza. *Qué bella.* Las serpientes de cascabel tienen los ojos azules, verdes o café. Ésta los tenía azules, volvió a agitar su cascabel y a mí no me importó. No me importa que me muerda. Acerqué mi mano y, poco a poco y lentamente, toqué su cabeza.

Una flor.

Una flor del desierto: su cabeza es un manojo de diminutos pétalos.

David, boquiabierto, me observa acariciar la serpiente que, enroscándose, parece estar a punto de aventarse y morderme. El cascabel se agita, se agita más y más y cada vez más y yo siento que estoy a punto de volar.

¡Bang!

Todo terminó de golpe. Tres golpes. Tres detonaciones de un sólo golpe. El polvo se eleva a contra luz y, al desvanecerse, aparece en silencio la silueta sombría de mi padre sosteniendo con fuerza la escopeta 30-30. La serpiente estaba deshecha.

También mi cabeza.

La esposa de Hamlet

Lo primero que hice al levantarme fue escribir un poema, pero éste se resistió en mi interior y vinieron los calambres mentales, de esos de los que habla Wittgenstein. Nada salía pues nada sucedía, así que salí a caminar al parque para sacudir el polvo y sentir el sol.

Me siento en una banca y observo los árboles, los perros y sus paseantes; una ardilla negra busca comida, le doy una pepitoria y llegan más ardillas. Voy a la tienda de la esquina por unas galletas de chocolate y me encuentro con David Green, compañero de secundaria del colegio

Williams. Había regresado de un largo viaje alrededor del mundo, odiaba las ciudades y sólo administraba dicha tienda para su costear su próxima partida. Llegan dos mujeres despampanantes y lo saludan efusivamente. La castaña es portuguesa y la rubia danesa, la primera es su novia así que me apunto de inmediato con Margrethe de Dinamarca. Saco un toque e invito las chelas. Platican de su siguiente viaje y yo me apunto sutilmente, David y la portuguesa son indiferentes pero Margrethe se anima con la idea. Las chicas tienen que irse y David aprovecha mi inclusión en sus planes para confiarme una gran preocupación.

La puerta se azota y entran dos tipos, uno la cierra y el otro saca una porra con la que rompe la máquina de cobro. Pienso que es un robo hasta que David intenta negociar con ellos, sin embargo, lo golpean despiadadamente exigiéndole dinero. Yo me quedo inmóvil. ¡Tú quién eres! Me apuntan con una pistola. ¡Es sólo un cliente! Me salva David y le pegan brutalmente, reiteran las amenazas y, antes de salir, rompen una ventana. El silencio después del estruendo, un auto arranca y hasta ese momento nos miramos.

Me cuenta sobre sus deudas de juego y cocaína. Mucha coca *ergo* mucho juego, más juego *ergo* más coca. Tenía que pagar, además, un tributo al mafioso de la zona para poder sacar del negocio a dos desnudistas, sus amigas extranjeras. David había prometido liberarlas. Ante la crisis ideó un plan suicida: avisarle a las chicas de la situación y huir de inmediato hacia Estados Unidos. En alguno momento los van a encontrar y le propongo mejor negociar. O pagas o te matan. Lo sé, sólo necesitas tiempo. ¡Ni con todo el tiempo del mundo voy a cubrir la deuda! El tiempo que necesitas no es para pagar sino, y únicamente, para que el escape sea exitoso; hay que planearlo bien. Lo piensa y asiente. Nos dirigimos, entonces, al antro *La flor de Michoacán*, propiedad de Hamlet Ibanez, mafioso local.

Un gigante moreno, rapado y armado hasta los dientes cuida la puerta. David se presenta, explica su presencia y, luego de unos minutos de eternos nervios, nos dejan entrar al *table dance*. Muchas mesas y muchas bailarinas, muchos clientes abalanzándose sobre ellas, abusando brutalmente de ellas; luego de unos momentos me parecen puercos y siento asco por estar entre éstos. Nos guían al fondo del lugar, donde nace la pasarela principal, llegamos a un palco con una elegante sala de piel. Sentado, como un príncipe, un joven de traje y camisa negra, corbata guinda de seda; pelo engomado y recién afeitado. Es Hamlet, quien ordena sentarnos a través de dos enormes guaruras que aparecen de la nada. Tienes cinco minutos, Green. Me presento como su abogado y hago la promesa del pago dejando las escrituras de una casa en Polanco. A Hamlet le brillan los ojos. David me da un codazo. Mentalmente nos comunicamos. ¿De qué casa hablas? Tú sígueme la corriente. ¿Le parece el acuerdo, don Ibanez? Hamlet, por favor. ¿Le parece el acuerdo, don Hamlet? Sólo Hamlet. ¿Le parece bien, Hamlet? Lo piensa, está a punto de asentir cuando llega un guarura con un teléfono; contesta y de inmediato comienza a pelearse con una mujer, de menos a más y más y más. Groserías, insultos y amenazas de muerte de ambos lados. Corta la llamada conteniendo su furia y avienta el aparato. Nos mira e intervengo. ¿Le podemos ayudar en algo? Suspira hondo y, sorprendentemente, comienza a contarnos su principal problema conyugal. El don aplaude dos veces y en un santiamén le llevan una botella de fino mezcal. David sigue nervioso pero yo guardo la calma y se tranquiliza poco a poco. Bebemos y bebemos mientras Hamlet nos jura, jura y jura que su esposa sigue enamorada de un exnovio. Yo le cuento un chiste sobre su situación y, luego de una pausa, la risa lo invade. Quedamos en buenos términos y reitero mi palabra sobre las escrituras, nos despedimos respetuosamente y encaminamos hacia la salida. El lugar está más lleno y en el camino soy interceptado, y enormemente sorprendido, por Ofelia, mi novia de secundaria. Se emociona mucho de verme y también reconoce a David, quien queda petrificado definitivamente.

La abrazo y la beso, la beso mucho, mucho. ¿Trabajas aquí? Ríe y niega. Es uno de los cochinos negocios de mi esposo. Levanto la vista y, desde su palco, Hamlet me mira fijamente, impasible, con ojos de lobo. Busco a David y ya no está; siento un cañón en mi espalda. No se meta, doña Ofelia. Me llevan a una puerta a un lado de la barra. Un largo pasillo y al final otra puerta. Una pequeña bodega. Me dan una madriza.

Despierto en la cajuela de un auto en movimiento, atadas las manos pero libres los pies; rompo una de las calaveras y saco mis manos cortándome los antebrazos. El auto se detiene, gritos en la calle y el auto arranca nuevamente. Una patrulla. Luego otra. Tal vez otra más. Damos vueltas bruscas. Disparos. El auto choca dejando de avanzar y algunos disparos continúan. Abren la cajuela y me apuntan con dos armas, un policía me ordena salir con las manos en alto. No puedo, estoy atado. Llegan otros y me sacan del vehículo. Todos los mafiosos muertos. Dos policías heridos, uno de gravedad. El cadáver de Hamlet tras el volante.

Me llevan a una agencia del ministerio público y me advierten detenido en lo que se hacen las averiguaciones, media hora después me visita Ofelia. No sé qué esperar de ella y me besa. Gracias, guapo. Es lo único que dice, acaricia mi rostro y la pierdo de vista. Me informan que estoy libre. Voy directo a la tienda de David Green y me entero que murió atropellado al salir corriendo del antro. Me sorprende Margrethe por la espalda. Me pregunta qué voy a hacer mañana. ¿Qué vas a hacer tú? Le pregunto y lo piensa. Sus ojos azules se pierden en mi cabeza.

Regresa a Dinamarca. Es lo único que le digo, la abrazo y regreso a casa.

El fantasma de Alfonso Reyes

La soledad me cubre, me invade, me abraza y nadie sabe nada; nada de mí, de mi sentimiento, del dolor sufrido, enfrentado y superado, mucho menos del amor que yace en mi corazón por vivir estos momentos. Este momento poético. Sin embargo, la realidad es fuerte y clara cuando te rechazan, irreductible cuando no te quieren escuchar o cuando no te quieren cerca. Las heridas se abren y el aire se hace denso, la perspectiva oscura, opaca, seca y pesada. No tengo ganas de leer y tampoco de escribir, pero tampoco quiero salir.

Ya no quiero nada.

Todo comenzó el jueves pasado, por la noche, en la Biblioteca Central de Ciudad Universitaria. Buscaba una dramaturgia de W.S. Tannenbaum cuando el misterio se engendró en mi existencia; no había ningún ejemplar disponible en el décimo piso y, al preguntar en las tesis entregadas, una anciana me sugirió preguntar en el fondo antiguo, ubicado en el doceavo y último piso. Me recibe un extraño muchacho de overol con un fuerte tufo a mota, me hace pasar cordialmente pero me advierte salir antes de las ocho. Miro mi reloj y nuevamente no funciona, le pregunto la hora y aún me quedan veinte minutos (pero su reloj está atrasado). Recorro los pasillos y me entretengo hojeando libros viejos, hasta que uno muy delgado sale volando del anaquel. Miro a todos lados, tal vez estaba en la orilla o es una broma de aquél muchacho. ¿Hay alguien ahí? Vuelvo a mirar a todos lados y lo recojo.

Escritos a la muerte de mi padre, Alfonso Reyes

Lo abro y un sollozo se pasea por mis oídos, la carne se me pone de gallina cuando un viento me sacude el esqueleto de escalofrío. Todo vuelve a ser silencio y sacudo la cabeza reprochando mi temor infundado. No seas mamón. Vuelvo a abrir el libro y, luego de unos diez minutos de lectura, escucho un llanto. Debe ser algún estudiante. El llanto aumenta. Intrigado sigo la fuente del sonido y en una esquina, sentado en el piso, hay un hombre de traje gris llorando amargamente mientras se cubre la cara. ¿Estás bien? No hace caso, le toco el hombro y vuelvo a preguntar. Descubre su rostro blancuzco, delineado de negro, bajo la tenue luz de la luna sobre un abismo. Una línea helada recorre mi espalda, las piernas me tiemblan y temeroso, dando tres pasos en retirada, caigo torpemente de espaldas. Levanto la mirada y ya no está; me pongo de pie lentamente, dándome la vuelta para retirarme y me lo topo de frente. Hola. Pego un grito y corro como loco hacia la puerta de cristal, choco con ésta y me abro la frente cayendo, otra vez, de espaldas. El fantasma flota sobre mí. ¿Por qué me tienes miedo? Pienso en su pregunta y volteo a mi alrededor pidiendo como mudo cualquier tipo de ayuda.

Tal vez fue la depresión, la deshidratación por el alcohol combinada con la ingesta desproporcionada de antidepresivos; sin embargo, la experiencia era real. Gracias a Alfonso pude salir de la biblioteca por un pasadizo secreto que conecta todos los pisos; le agradecí, queriendo alejarme lo más pronto de allí, pero se puso a llorar otra vez. No podía irme dejándolo así, él me había ayudado y quise corresponderle. ¿Qué pasa, por qué tanto llanto? Son las pesadillas, las malditas pesadillas, siempre la misma y eternamente pesadilla. Nos sentamos en la explanada, teniendo como vista las islas, para platicar.

Un cañón felicista dispara y destruye el portón de Palacio Nacional. El general Bernardo Reyes encabeza la toma a caballo. ¡Adelante! Cabalga hacia palacio empuñando su espada. Un cadete del Colegio Militar prepara una ametralladora apuntando hacia la entrada invadida de escombros. Bernardo Reyes cabalga a toda velocidad cuando una ráfaga de innumerables luces lo atraviesan con todo y caballo. Su cuerpo yace desecho del rostro entre la humareda y el polvo.

La imagen se repite y se repite y se repite. ¡No la puedo sacar de mi cabeza! El ruido, los gritos y las explosiones, toda la destrucción y el olor a muerte en el ambiente. Todo acaece en mi mente torturada por el verdugo de la historia. ¡No lo soporto! Intento consolarlo pero me dice que su pena es involuntaria, por consiguiente, incontrolable. ¿Qué puedo hacer para ayudarte?

Después de la Decena Trágica, algunos seguidores espiritistas de Madero sesionaron para maldecir a todos aquellos involucrados en el rompimiento del orden constitucional. Un conjuro cayó sobre el alma de mi padre y yo soy quien está atrapado entre la vida y la muerte. La única manera de salvarme es romper la maldición. Las estrellas se alinean de la misma manera, condición para revertir el conjuro, y dicho fenómeno sólo sucede cada cien años y este domingo se cumple a las diez de la noche. ¿Este domingo? Sólo tenemos que recitar la oración XXVI de San Judas Tadeo ante sus restos de desesperación espiritual. ¿Este domingo? Y volverlos a dejar en su lugar acompañados de una cruz. ¿Este domingo? Sí, por qué. Este domingo no puedo, ¿no puede ser el que sigue? No. ¡O el lunes!, el día que quieras, menos este domingo. He esperado 57 años para este domingo. Pero este domingo no, por favor. ¿Qué hay de problema con este domingo? Quiero ver a una chava. ¿Está buena? No seas ñero. ¡Pues dime! Es hermosa. ¡Estás enamorado! No, sólo es una amiga. ¿Y por qué tanto problema de que no la veas este domingo? La puedes ver otro día. No sé, siento que si no la veo este domingo no la voy a volver a ver nunca más. Pinche dramático. Pues eso presiento. Llámale y explícale. Nunca contesta mis llamadas. Entonces escríbele un *WhatsApp*. ¿Tú cómo sabes de esas cosas? Me la paso todo el día viendo a los estudiantes con sus aparatos. ¿Y qué le escribo? Lo que sientes. Le escribí el lunes y aún no me ha contestado; voy a ponerle una carita sonriente nada más. No seas puto, Serner. ¿Entonces? Haz lo que quieras, pero por favor ayúdame este domingo. Lo miro, miro sus ojos tristes, suspiro hondo y asiento. ¡Gracias! Cierro los ojos pensando en ella y, cuando los abro, ya estoy solo en la explanada.

El viernes me la paso escribiendo hasta la medianoche, salgo por una botella de vino al Súper 7 y compro cigarros. Regreso a revisar lo escrito y, cuando la pantalla se pone en negro, veo el rostro de Alfonso a mis espaldas. Grito del susto tirando el vaso, cenicero, libros y papeles de mi escritorio. Hola, Serner. ¡Por qué te apareces así! Quería sorprenderte. ¡Pues te salió muy bien! ¿Listo para ir a Monterrey? No, no, espera, espera; yo no te aseguré que iría. ¡Pero necesito tu ayuda! Ya te dije que el domingo tengo una cita. ¿Una cita? Sí, una cita. Mira, deja de decir mentiras y vamos por unos mezcales.

Las luces bailan y se mueven como estrellas fugaces; Alfonso consigue LSD. La entrada al baño parece estar rodeada de fuego y la barra atiborrada de mujeres con cabeza de distintos animales. Una botella de mezcal desfila ante nosotros vaciándose y terminamos cantando en el Tenampa. Pedro Infante, Javier Solís, Jorge Negrete, José Alfredo Jiménez y también canciones norteñas. Un taxi nos trae de nuevo a mi casa, yo en calidad de bulto. ¡Ya llegamos, joven! ¿Cuánto es?, pregunta Alfonso y el taxista nos cobra doscientos pesos. ¡Es mucho!, yo reclamo y el taxista me la hace de a pedo. Alfonso interviene. No hay problema, aquí están los doscientos. Me bajo del auto cayéndome al piso, el taxista se retira mentándomela mientras Alfonso me ayuda a levantarme. Tú sí eres mi amigo, Poncho; tú sí eres cuate, no como otros. Se me caen las llaves y él me ayuda a abrir. Llego a la sala, pongo el radio y me echo en un sillón estirando los pies.

El sábado despierto hasta la tarde, el sol me ha quemado la cara y acumulo sudor en el pecho y la espalda. Siento muchas náuseas y me mojo la cara. Me veo en el espejo. No vuelvo a chupar. Me seco la cara y, al terminar, me topo de frente con Alfonso. Un grito que espanta hasta el gato. ¡Ya te dije que no te aparezcas así! Tenemos que irnos hoy a Monterrey si es que queremos estar a tiempo mañana para la ceremonia. Tú lo dijiste: si es que queremos, y yo no quiero, o más bien no puedo. ¿No me vas a ayudar? Ya te dije que tengo una cita. Alfonso me mira fijamente, lo miro y no puedo soportar el peso juicioso de sus ojos. ¡Está bien, está bien, no tengo una cita! Sólo quería verla y ya, sólo verla y ya. Llámale. ¡Ya te dije que no me contesta! Llámale, si quieres yo le marco. No sabes su número. Pero sé su nombre y aquí está tu lista de contactos. Nunca te he dicho su nombre. Ayer en la peda era lo único que repetías como loco.

¿De verdad? De verdad, Serner. Está bien, cómo nos vamos a ir. De eso no te preocupes. Y me avienta mi teléfono, lo miro y ya está marcando el número de… ¿Bueno? Hola, cómo estás. No voy a poder llegar mañana porque… ¡Como si le importara!, grita Alfonso burlonamente. Bueno, nos estamos viendo y cuelgo. Soy un pendejo. No tanto. No dije nada, sólo puras pendejadas. Eso sí. ¡Para qué marcaste! ¿No era lo que querías? Lo miro, sonríe y me advierte felizmente: ¡Apúrale porque nuestro vuelo sale a las 8pm!

Taxi al aeropuerto, abordamos el avión y en menos de una hora estamos en Monterrey. Taxi a la Macroplaza, recorremos el lugar y hallamos la tumba de los restos del general Bernardo Reyes. Mañana es el día. Nos hospedamos en el hotel Ancira y, después de un baño, me meto a la cama a dormir. Alfonso pide unas prostitutas y me invita a la fiesta. ¿No veníamos a una ceremonia importante? ¡Eso no impide que podamos divertirnos! Me salgo de la habitación. Voy al bar del lobby y pido una cerveza regiomontana. ¿Le escribo? No, no; ya no la cagues. ¿Qué hago? Ya es muy tarde. ¡Ya deja de pensar en ella! Duermo cuando llega Alfonso. ¿Ya se fueron tus amigas? ¡Desde hace horas! Llego a la habitación y todo está cabeza arriba. Me acuesto en el piso y, finalmente, puedo dormir.

El domingo dejamos la habitación a las tres de la tarde y, luego de comer cabrito, fuimos a la tumba del general. Miramos a todas partes y, bajo el cobijo del crepúsculo, rompimos la unión de las piedras que resguardan sus restos. Una caja de madera llena de huesos. Hola, papá; es hora de que descanses en paz. El sol se metió y Alfonso inició su rezo. Pequeñas luces comenzaron a caer sobre ellos, aumentando conforme proseguía la oración. Era testigo de algo especial, no sé qué, pero algo místico. A la distancia un policía me señala, pide apoyo por su radio. El rezo no puede interrumpirse y le digo a Alfonso que concluya mientras yo distraigo a la ley. Bajo corriendo hasta la avenida y cruzando por debajo del puente me detienen con una descarga eléctrica.

Amanece y en la estación de seguridad pública me tienen encerrado con otros tres. ¿Traes cigarros? Niego y me escupen en el zapato. ¿Por qué me escupes? No se quiera pasar de verga, catrín. ¿Catrín? Me empuja contra los barrotes y vuelvo a cuestionar la razón de su violencia; saca una pequeña navaja que presiona sobre mi mejilla izquierda. ¡Serner! Llega uno de los celadores y me dice que estoy libre; alguien ha pagado mi fianza. Salgo de la estación y volteo a mi alrededor, no veo a Alfonso por ninguna parte. Regreso a la tumba y está intacta, salvo con un ramo fresco de flores. Gracias; un murmullo, un leve aliento, un metafísico sonido. Asiento y entiendo.

No tengo efectivo y pido aventón hasta el aeropuerto. Pregunto sobre los próximos vuelos a ciudad de México y me informan, sorpresivamente, que ya tengo boleto de vuelta. Una música suave, de piano, se establece en el ambiente. Me siento a esperar y, cuando subo al avión, la luz del sol me sigue. Durante el viaje observo el espacio y las nubes me sonríen, las montañas me lanzan besos a distancia y la luz continúa siguiéndome. Al llegar me siento acompañado por una sinfonía mientras camino por los pasillos, luego en la calle y en el metro. Miro los rostros y todos son hermosos. Cada gesto me mueve emocionalmente y tengo ganas de abrazar a todos los que me devuelven su sonrisa. Me siento feliz, no sé por qué; pero me siento contento. No sé por qué siento esto.

El lunes por la noche regreso a la biblioteca central y dejo, entre las páginas de *Escritos a la muerte de mi padre*, el presente relato.

¿De verdad ya no quieres nada?

Aline y el Día del Padre

Fui a ver, nuevamente y con mucho placer, *El enfermo imaginario* para saludar a mi amiga ahora como actriz en el papel de Tomás (el deseado yerno de Argán) y otros más. Me encantó su actuación y le regalé flores al final de la obra. Quise esperarla para felicitarla pero me lo impidió una urgente llamada.

Es mi primo Eric Ramner, de Veracruz, quien me pide acompañarlo a Tamaulipas; por teléfono sólo me dice que necesita ayuda así que, cuando lo veo, me sorprende su petición de nerviosismo y premura. Siempre supe de sus negocios riesgosos pero jamás me lo había planteado seriamente, hasta ahora. Me siento comprometido por las veces que me ha echado la mano económicamente. Al encontrarlo en el *Sanborns* de San Ángel me sorprende verlo con mi sobrina Aline de trece años. Nunca hace viajes de negocios con su hija, dice, pero ahora está peleado con su esposa. No me gusta la idea. No tenga miedo, tío. No tengo miedo. Miro los ojos de mi primo y le pregunto si es todo lo que me tiene que decir; me lo jura mintiéndome descaradamente. Vamos a su auto, un Audi a5, y omite que en éste van escondidos treinta kilos de cocaína.

Llegamos a Querétaro y nos detenemos en una tienda; refrescos, papas y galletas para Aline. ¡Gracias, tío! Un Red Bull para Eric y un six de chelas para mí. En San Luis cargamos gasolina y mi sobrina me despierta echándome gotas de refresco con su popote. ¡Oye! Ni aguantas nada, tío. Llegando a Reynosa el sol me despierta por completo y me asusto al ver entre mis ojos el cañón de una pistola; Aline me apunta sonriendo y cerrando el ojo izquierdo. ¡Aleja eso de mí! Le reclamo a Eric y él, sin una pizca de cansancio, me dice que me relaje. No te preocupes, ella sabe manejar muy bien las armas; le he enseñado desde los cinco años, ¿verdad hija? ¡Sí, papá! Está bien, pero por favor no me vuelvas a apuntar. No me digas que te asustan las pistolas, tío. No, pero son muy peligrosas. ¿Falta mucho, Eric? Un retén a la distancia.

Mi primo se pone nervioso y me extraña su comportamiento. ¿Todo está bien? Asiente sudando. ¿Adónde van?, pregunta un policía federal. Le explicamos y se retiran a revisar los papeles del coche. No hay pedo ¿verdad Eric? No, no, para nada. Regresa el policía y, luego de echar una ojeada al coche, me ordena que baje, pregunto por qué y repite su orden con un grito. Haz lo que te dicen, me pide Eric y al notar su nerviosismo decido no hacer la cosa más grande. El poli me catea violentamente y, luego de darme una patada en la pantorrilla, lo encaro reclamando. ¡Si creen que traemos algo en el coche pues revísenlo pero ya dejen de estar chingando! Respete a la autoridad. ¡Pues respete a los ciudadanos! Por fortuna llaman al policía para ayudar con la revisión de un autobús y se retira advirtiendo que aún no escapamos de sus manos. Me meto al coche y Eric está pálido. ¿Qué te pasa? Aline interviene dándole un poco de refresco. Sólo se le baja la presión, tío. ¿Eric? Sí, ya estoy bien. Llega otro policía para indicarnos avanzar. Salimos lentamente para finalmente acelerar a la distancia.

Le regresa el color a mi primo y en cinco minutos todo vuelve a la normalidad. ¿No vamos a parar a desayunar? Apenas pregunto cuando tres patrullas se anuncian en nuestra persecución. Se nos emparejan y obligan a detenernos, se bajan apuntando con sus armas. Aline y yo miramos impotentes mientras bajan a Eric, ella reclama la detención y un policía nos informa que tiene varias órdenes de aprehensión. Mi primo me suplica terminar con su tarea, Aline tiene la dirección y debajo del asiento hay un sobre con diez mil dólares. Yo salgo en veinticuatro horas y entonces nos regresamos los tres juntos a Ciudad de México. ¿Estás seguro? Le da instrucciones a Aline que nadie logra escuchar y se lo llevan esposado dentro de una de las patrullas.

Reemprendemos el viaje. Qué nave tan chida; parece que manejo un avión. Quiero bromear un poco pero Aline no está de humor. ¡Baja la velocidad! Me indica con total precisión el camino que finalmente nos lleva a un rancho ganadero; sencillo por fuera pero una lujosa mansión por dentro. Un hombre armado nos ordena detenernos y descender. Llega Ramiro, se presenta y nos pide pasar a una de las estancias de la casona mientras revisan el auto. Una mujer se pone a nuestra disposición en cuanto a bebidas y comida. Todos se portan muy amables. Aline y yo terminamos de comer y le pregunto qué prosigue. En cuanto vean que el auto está bien nos podremos ir. ¿Y cuánto tardará eso? Llega Ramiro con cuatro hombres que no habíamos visto antes y, en un tono golpeado, me informa que el auto está bien y que hay que seguir con el resto del trayecto. ¿McAllen? Le reclamo que Eric está detenido y que el favor que me pidió ya está cumplido. Siento un golpe en la cabeza que me deja aturdido. Aline interviene y me pide obedecer; orita te explico.

Tres vehículos levantan el polvo de la carretera. Una camioneta vieja como falso señuelo, luego nosotros en el Audi y detrás una camioneta del año con vidrios polarizados. Tengo que decirte algo, tío. Me confiesa la cocaína escondida en el auto justo cuando nos formamos en la garita de la frontera. No contesté, no reproché, no reclamé. De nada sirve eso ahora. Hubiera sido mejor que no me dijera nada. Ahora estoy muy nervioso. Aline me quiere tranquilizar pero le exijo con un grito que no hable más. El silencio es tan intenso que escucho con fuerza los latidos de mi corazón, acelerando, acelerando peligrosamente y horrorosamente para mis nervios. Llegamos al punto de revisión y media docena de agentes observan el auto por arriba y por abajo; un bonito pastor alemán coadyuva. Se inquieta y huele las llantas, la defensa y algo de la carrocería; le abren la cajuela y éste la revisa alterándose más. Se baja ladrando, me ladra a mí. Los agentes me bajan y me revisan por completo. El perro me muerde una nalga y caigo al piso, una bolsa de marihuana en mi bolsa trasera que el can mastica desesperado. Los agentes intentan rescatar la evidencia de las salvadoras fauces pero apenas lo logran con una hilarante fracción. El perro se queda dormido y, finalmente, nos dejan pasar.

En nuestro camino a McAllen volvieron a incorporarse las camionetas. Perdona, tío. No hay problema, sólo dime qué sigue. Sólo dejar el auto, es todo. ¿Segura? Segura. En las afueras de la ciudad arribamos a una mansión, donde hay una gran comilona estilo mexicano. Dejamos el auto y Ramiro vuelve a tratarme de manera amable, lo miro a los ojos y le reclamo por qué me pegaron en la cabeza. Me mira serio y, luego de hacerse el malo unos segundos, se echa una carcajada que a mí no me hace gracia. ¡Ni aguantas nada! Una señora, idéntica a Salma Hayek, nos invita a la fiesta presentándonos con algunos de los presentes. Luego de echarme dos whiskys me siento relajado y me sereno. Aline se ve emocionada mientras conoce a chicas de su edad, rato después un muchacho le hace la plática. La ñora me saca a bailar y otro whisky. Me siento un rato y me da hambre, voy a la mesa de la comida y me sorprende Aline ya rodeada de varias amigas. ¡Vamos, Aline! Le llaman pero ella les pide un momento conmigo. ¿Cómo están mis primos, tío? Bien, supongo que bien. ¿No los has visto? Su mamá no me deja verlos desde hace seis meses, dice que soy un peligro para ellos. Tengo muchos defectos, pero ninguno de ellos reside en mis sentimientos. Intento sobrevivir sin verlos, día con día; aún en los peores días que, a veces, se convierten en los mejores días. Te quiero, tío. No me importa lo que digan de ti, para mí eres lo máximo y mis primos lo saben; sólo dales tiempo. La miro a los ojos aliviado, sus palabras me han hecho sentir bien. Ya, vete a divertir con tus nuevas amigas; no te quedes con un viejo amargado. Me da un beso en la mejilla y regresa con el grupo de niñas. Pido otro whisky y luego otro, y otro y otro y otro. Cuento chistes a un grupo de personas cuando aparece Ramiro muy serio. Qué pasa, por qué esa cara, ¡estás en una fiesta! Lo vacilo agarrándole los cachetes como hace Marlon Brando en *El Padrino*. Me vuelven a pegar en la cabeza y caigo al piso quejándome. ¡Ni aguantan nada! Reclamo mientras me llevan sepa verga dónde.

Estamos en el sótano, yo amarrado a una silla mientras Ramiro me grita rodeado de sus gorilas. ¡La mierda que nos trajiste no es pura! ¡Está rebajada hasta la madre! ¡Te va a llevar la chingada! Dos tipos se encargan de golpearme mientras me exigen respuestas que no tengo ni idea cómo contestar. Pierdo el conocimiento cuando me rompen la nariz. Despierto, estoy solo y escucho a lo lejos la música de mariachis en la fiesta. Alguien abre la puerta. Es Aline, quien entra a escondidas y en silencio; me desata y no puedo levantarme. Tengo las piernas dormidas, pero con su ayuda logramos salir por una puerta al costado del enorme jardín.

¿Adónde vamos? Tú confía en mi, tío; ya me conozco todo este rancho gringo. Atravesamos un invernadero colindante con el espacio usado como estacionamiento, Aline abre la puerta de varios coches buscando las llaves en alguno. Un Pontiac blanco. ¿Quieres que maneje, tío? No, no, no; cómo crees, estás muy chica. Enciendo el motor y avanzamos con los faros apagados. En la salida hay una fila de tres autos siendo revisados; nos incluimos justo cuando dejan pasar al primero y podemos salir con todos ellos. Sin embargo, una de las nuevas amigas de Aline nos ve y se despide de ella efusivamente. Acelero a todo, rebaso a todos y nos integramos en la carretera.

¿No te duele? Aline limpia la sangre de mi nariz con una servilleta mojada con sus labios. Si no fuera un cobarde regresaría a matarlos. Le digo, nos miramos y reímos. Reímos mucho, mucho; hasta que por el espejo retrovisor nos persigue una camioneta. ¡Agárrate bien! Nos alcanza e intenta sacarme del camino, lucho por esquivar todas sus embestidas hasta que nos desvían y nos estrellamos contra un pequeño árbol a la orilla del camino. La sangre vuelve a brotar de mi nariz y no veo nada. ¡No te muevas, tío! Aline se baja y se esconde entre el cofre y el madero incrustado. Me limpio con el antebrazo y volteo. Cuatro sicarios vienen por nosotros. ¿Aline? Me hacen brincar cuatro detonaciones y caen los cuatro hombres. Aparece ella caminando hacia éstos y dispara a los que aún se mueven. Me bajo y no puedo creer lo que veo. Mi sobrina sosteniendo una pistola y los cuatro sicarios abatidos. Ya podemos irnos, tío.

Tomamos la camioneta sólo para adentrarnos a la ciudad y la dejamos en un estacionamiento del centro; compramos dos boletos en el Greyhound. ¿Y la pistola, Aline? La dejé en la mano de uno de ellos. En Reynosa llamamos por un teléfono público a la estación de la policía federal, nos dicen que mi primo salió por la mañana. ¿Qué hacemos? Aline llama a su mamá para avisarle que llegamos al día siguiente. Doce horas de viaje y yo duermo todo el trayecto. Al llegar a la ciudad desayunamos en un Vips y platicamos poco. La llevo a su casa en taxi y cuando abren la puerta su mamá me recibe con una fuerte cachetada. ¡Por qué se la llevaron! ¡No mamá, mi tío no tiene la culpa de nada! ¡Tú métete a la casa! Aline se despide de mí dándome un fuerte abrazo y, mientras la veo meterse a su casa, su mamá me vuelve a dar otra cachetada. ¡Ya no me pegues! ¡Pues dile al pendejo de tu primo que no lo quiero volver a ver por acá! Y cierra la puerta con un azotón que aflojó un número dos del domicilio 22.

Llego a casa y pienso en mi primo. ¿Y ora dónde chingados andas? Sólo espero que estés bien. Enciendo un cigarro y encuentro en mi bolsa un pequeño papel doblado.

Feliz día del padre, tío.
Aline

PD

Ve al médico para que te cure esa hermosa nariz.

Odio mi pene

Lo odio. Odio su idealismo, su romanticismo y su viaje trascendental. Siempre enamorado, siempre sensible y siempre poético. No quiere por caliente o por desmadre sino sólo, y únicamente, por lo que siente emocionalmente. Amor. Amor, según él. Amor, amor y amor. Sólo quiere amor y todos sus criterios residen en lo que siente. Amor. Y siente, espiritualmente, místicamente, ontológicamente. Siempre. Siempre enamorado. Por eso a mí no me hace caso. Sólo le hace caso al amor y, según él, el amor le habla. Eso dice. Eso afirma. Esa es su filosofía. El amor. Ques'que le habla a través del silencio y, a veces, de sus miradas, emociones y sensaciones encontradas. El amor. Vibraciones, contracciones y temblores. Amor. Me encabrona. El amor. Me duele. Amor. Me deprime estar ausente. El amor. Me duele el *Ideal* y su devastadora realidad. Amor, amor imposible...

Lo odio.

Amar y ser amado, ser amado y amar. ¡Es un desmadre! Bicondicional. Amor. Un desmadre total. Amor. Completo. Amar y amar. Sentirlo todo y odiar, y aún así amar. Amor. Un desmadre total. Amor. Y mi pene lo sabe, lo sabe bien y le vale madre. Amor. Le vale madre que yo sufra. Amor. Le vale madre que yo tiemble mientras él sueñe. Amor. Lloro y él ríe soñando con la *Idea* mientras a mí me deja a secas. Amor. Él soñando y yo en el suelo lastimado. Amor. Él cantando y yo dolido y quebrado. Amor. Él feliz y yo infeliz. Amor. Porque sólo sueña, sueña y sueña y espera que el sueño suceda. Amor. Por eso lo odio. Amor. Por egoísta. Amor. No ha leído a Schopenhauer. Amor. Sólo ha leído a los clásicos. Amor. Platónico y, cuando se emborracha, kantiano. Amor. Es un cabrón. Amor. Aunque debo reconocer que es guapo. Amor. Tiene personalidad. Amor. Hermoso. Amor. Sonríe mucho, sobre todo cuando está contento. Amor. Canta, se divierte y le gusta bailar. Amor. Sin embargo, siempre, siempre y siempre, siempre discutimos.

—¿Por qué no quieres con ella?

—Necesito estar enamorado.

—Tal vez te enamores en el acto.

—Necesito amor antes del acto.

—*¡Es un acto de amor!*

—¡No! Yo sólo quiero cuando estoy enamorado, si no, prefiero estar abandonado.

—Pero…

—¡No me toques!

Lo odio.

Todos somos nacos

No puedo dormir. Pienso en ella y mi alma suspira, estoy hechizado por su espiritual belleza. Apenas ha hablado conmigo pero aún no conoce el baile de mi espíritu; pienso en ella escribiendo, escribiéndole versos que no conoce mientras mi tinta recorre la metafísica de su cuerpo. Creo que estoy enamorado.

—¿Enamorado? —me pregunto asustado.

Suena el teléfono mientras le doy de comer a Lorenzo, un viejo loro que me encargaron y que me molesta todo el tiempo. Contesto y la llamada es el anuncio de lo que no quiero.

—Un siniestro en la calzada Ignacio Zaragoza —me dice El Yorch, el jefe de mi nueva chamba—. Te espero en media hora en Cabeza de Juárez.

—¿Dónde está eso?

—¿Dónde está eso? ¿Dónde está eso? —repite burlonamente Lorenzo—. ¿Dónde está eso?

—Búscalo y no llegues tarde —dice por último mi jefe y me cuelga de madrazo como siempre. Ya no quiero este trabajo.

Estoy nervioso y me miro al espejo. Me acomodo el cabello con las palmas y los dedos, busco mis lentes y me pongo la gabardina negra con la que parezco retrato. ¿Estás listo para tu segundo día de reportero? Ahora trabajo en *¡Así Pasó!*, el periódico de nota roja que requiere mis servicios como escritor.

—Llegas tarde —me dice el Yorch en un reclamo.

—Estoy bien lejos y hay mucho tráfico.

—Ese es tu pedo.

Se aleja y lo sigo caminando a paso rápido. Muchas patrullas desvían el carril hacia la ciudad y utilizan el de la salida a Puebla para ambos sentidos. Detrás de todo el embrollo aparece un pedazo de chatarra recién quemado y un trailer con el frente destrozado. Lo primero era una camioneta, me informa un policía, en la que viajaban cinco niños, la madre y el padre que aparentemente se quedó dormido tras el volante. Observo los restos y mi mente se pierde por unos momentos.

Terribles del pensamiento.

La nota del hecho es una descripción, pero el sufrimiento de la tragedia sólo se puede mostrar y no a través del lenguaje con sentido empírico, es decir, no con términos que denotan objetos en el mundo sino a través del lenguaje que, a pesar de no tener sentido desde el punto de vista fáctico, sí lo tiene en otro juego, desde otro juego de lenguaje. La poesía y espiritualidad. Lo indecible, decía Wittgenstein. Y efectivamente, aquello jamás podré transmitirlo. La imagen es clara, por supuesto, pero no formalizable lingüísticamente. Es de horror, peor que cualquier problema conceptual sobre el dolor. Es la realidad, su verdadero dolor, el sufrimiento real y no tonterías con las que uno se topa día con día.

Termino la nota y, huyendo, me despido del Yorch a lo lejos; con su mano me ordena que no me retire pero ya no me importa nada y me voy con el corazón herido rumbo a casa. Tomo el metro y me dan ganas de llorar. No puedo más. La gente me mira y me escondo. Me bajo en Balderas desesperado mientras la angustia recorre mi alma. Recibo una llamada. Estoy a punto de aventar el maldito dispositivo a las vías cuando noto que un policía me mira amenazante. No contesto pensando que es otro siniestro, empero, es El Beto, un amigo de la Prepa 4 que, por cierto, es muy pacheco. Pues él fue, en ese momento, mi existencial salvamento.

—Se armó la peda de-generación en la pulquería *El corazón de los dioses*. Llegas, no seas mamón. Si faltas pagas la próxima peda.

Asiento de inmediato, todo con tal de no llegar a casa deprimido y roto, con ese loro molestándome por todo. Llego a la pulquería y, luego de agarrar la borrachera entre recuerdos y nostalgias, el Beto me dice que sus primos están en una fiesta lujosa, que le caigamos de gorra. ¡Pues vamos pues! Llegamos a Coyoacán, una casona en la calle de Madrid cerca de los famosos viveros, no obstante, se percibe un fuerte hedor a caño; el

Beto me explica que por ahí pasa un río contaminado. Tocamos la puerta y nos abre un tipo de traje y moño, un mayordomo como en las películas, quien sin preguntarnos nada nos da la entrada. Atravesamos un gigantesco jardín adornado de bonitas luces de colores y el hedor se pierde hasta que entramos a la casa.

Una sala gigantesca con vista a un hermoso jardín con domo e iluminado de antorchas Tiki y rodeado de árboles frondosos. La fiesta se extiende por todos los espacios pero la música concentra a la mayoría que rodea una tarima que atraviesa una alberca. Ahí nos encontramos con sus primos, El Mike y El Jagger, bailando felices y bebiendo mientras coquetean con algunas chicas.

—No mames, todas están bien buenas —dice el Beto—. Voy a ver qué conecto.

Se incluye en el desmadre con sus primos y yo me quedo mirando el entorno. Nos vemos diferentes, la ropa y la moda, aquí la mayoría son güeros y los pocos morenos se ve que tienen mucho dinero. Recorro el jardín, un mesero me ofrece una bebida fosforescente y, cuando estoy a punto de beberla, recibo un pelotazo en la cara y mi copa sale volando. Me limpio la cara, busco mis lentes en el pasto y, al levantarme, me sorprendo al toparme con una diosa.

—¡Disculpa! —me dice apenada—. ¿Estás bien?

Su voz es suave, la miro a los ojos y son espiritualmente grandes, redondos y moros; su cabello desciende ocultando parte de su rostro y su cuello es hermoso, su espalda y sus hombros, bellos como sus labios ligeramente rojos.

—Te di un balonazo sin querer —me dice y el mundo se detiene—. Lo siento.

—¿Cómo te llamas? —le pregunto y nos interrumpe un tipo alto con barba, camisa blanca y lentes de pasta.

—¿Quién es este?

Me pongo de pie extendiéndole, en buena onda, la mano y me da un pequeño empujón diciéndome:

—Tú no te metas, pinche naco.

¿Naco? Volteo a mis espaldas por si está el Beto, pero nel, se refiere a mí. ¿A mí? No. No, no, no. ¿O sí? Y mientras cavilo mis pendejadas ellos discuten y sólo intervengo cuando la toma del brazo con fuerza.

—Oye, tranquilo —le digo y, apenas termino, me toma de la camisa. Pienso en cómo reaccionar cuando varios gritos de pelea se acumulan cerca de la alberca. Todos volteamos y ya se armó la madriza con mis amigos, quienes son superados en número. Un tipo exageradamente fornido sujeta al Beto amenazando con tirarlo a la alberca, en el suelo yace uno de sus primos con el rostro ensangrentado mientras el otro es inmovilizado por más engendros de gimnasio—. ¡Ya estuvo! ¡Ya déjenlos!

—¡Tú vienes con ellos! —me acusa el barbón.

—¡Simón, son mis amigos!

—¡Pinches nacos! —alguien grita.

—¡Sáquenlos! —otro grito.

—¡Que se vayan los nacos! —un grito más y las voces se funden apoyándolo. Todos en la fiesta nos gritan:

—¡Fuera nacos, fuera nacos, fuera nacos!

Chale, veo sus rostros y todos los que gritan parecen monos; empero, entre la multitud la veo a ella, mirándome sin unirse al coro, por el contrario, hacemos una conexión cósmica con los ojos. Una electrizante línea de energía explota en mi cerebro de atrevimiento, entonces siento un impulso desconocido y subo de un brinco a la tarima decidido. El DJ me quiere bajar pero lo esquivo y cae al agua, tomo el micrófono y me dirijo a todos.

—¿Qué es un naco? A ver, ¿al menos lo saben? ¿Alguien de aquí tiene alguna idea del significado de dicha palabra?

Un breve silencio en el que vuelvo a encontrar sus ojos y ella sonríe un poco.

—¡Un naco es un indio! —grita un tipo.

—¡Esa es la peor caracterización del concepto! —contesto—. ¡Este país es mestizo, lo indígena lo traemos todos, sea en la sangre o en las prácticas culturales, la comida y los usos del lenguaje!

—¡Nacos son los que tienen mal gusto! —grita una chava borracha.

—¿Bajo qué criterio vamos a juzgar el gusto de las personas? ¿Bajo el nuestro únicamente? Es decir, ¿cómo trazar, objetivamente, una línea de demarcación entre el buen y el mal gusto? ¿Entonces alguien es naco sólo por el hecho de que no tiene tus gustos?

—¡Un naco es una agresión a la estética! —lo dice un tipo calvo y gordo, con corbata de corazones, saco azul metálico y lentes rojos.

—Tú eres una agresión a la estética —le contesto y, acto seguido, algunos lo zapean.

—¡Los nacos son los pobres! —grita el barbón.

—¿Los pobres?

—Sí, los nacos son los indios, los pobres, ellos son los que no tienen buen gusto. Entre más indio y pobre seas, más naco eres. Y aunque te eches todo un discurso, así es y así será siempre. O a ver, si es que te sientes muy chingón, dinos según tú lo que es un naco.

Todos me miran y esperan mientras me observan aguardando una respuesta.

—Naco es —lo digo categóricamente— todo aquel que utiliza la palabra 'naco' para insultar, ofender, denigrar o discriminar.

Se hace el silencio. Todos se miran y lo piensan, algunos quieren decir algo pero se arrepienten buscando las palabras exactas.

—¿Y ustedes cómo llegaron? —pregunta la chava borracha que, por cierto, es la dueña de la casa—. ¿Quién los invitó?

Miro al Beto y sus primos, los tres bajan la mirada, señal de que es momento de terminar con charadas.

—Bueno —le digo—, la mera verdad no nos invitó nadie. ¡Pero qué bueno que fue así! ¿Saben por qué? Porque así estamos en esta situación de aclarar cosas, sobre todo en un tema tan sensible como nuestra propia identidad. Y ya que hemos intercambiado puntos de vista, es momento que entre mexicanos nos comprendamos mejor. ¿No creen? Y sólo así podremos iniciar un nuevo ciclo en la historia de nuestro propio pensamiento. De nuestro propio ser.

Luego de un breve silencio:

—¡Pinches gorrones!

—¡Sáquenlos! —grita el barbón.

—¡Que se vayan! ¡Que se vayan! —una mayoría creciente grita a coro—. ¡Que se vayan los gorrones!

Y que nos sacan a empujones.

—¡Y no vuelvan! —grita el mayordomo azotando la puerta.

El hedor a río contaminado vuelve a estar presente. ¿Y a eso cómo le llamamos? Prendemos un cigarro, el Beto un churro de mota y, reflexionando cada uno a su manera, caminamos hasta la avenida de los Insurgentes. Mientras tanto me siento elevado, como astronauta que camina en el espacio. Tomamos un taxi y a mí me dejan primero, paso al Seven por un café y unos Delicados. Tengo mucho que escribir.

—¡Hola, hola, hola! —me recibe Lorenzo.

—¿Tienes hambre?

El loro se pone a gritar, le doy de comer semillas de girasol y se calla. Me siento en una silla y reflexiono en la fiesta, en su conflicto y contenido social; pero, sobretodo, pienso en ella y sus hermosos ojos moros. Creo que estoy enamorado.

—¿Enamorado? —me pregunto asustado.

—¡Nunca te hará caso! —me dice Lorenzo—. ¡Naco, Naco, Naco!

—Todos somos nacos.

Entrevista con el asesino

Las llamas del infierno en la tierra. Una recámara invadida de sangre, charcos en el piso y vísceras por todas partes. El asesino utilizó las cobijas como esponja para pintar las paredes, el techo y las ventanas de rojo. El escarlata en diversos tonos. Los cuerpos de sus dos víctimas, una mujer y una niña, sentadas cada una en una esquina. Ambas sin ojos.

Termino la nota para el periódico con mi mano temblorosa, se me resbala el lápiz y cae entre los restos de sangre, cierro mi cuaderno. Me retiro del lugar pasando por un pasillo atiborrado de investigadores y policías. En todo el recorrido hacia la calle no miro a nadie, no quiero mirar a nadie. Sólo quiero estar en otra parte.

Camino pensativo, dudando, meditando sobre continuar este trabajo. Necesito el dinero pero no soporto las macabras imágenes estampadas como piedra en mi cerebro. Camino distraído y tropiezo con un desnivel de la banqueta, la raíz de un árbol sobresaliendo del piso. Doy una machincuepa, me tuerzo la mano derecha y me raspo el nudillo y la rodilla izquierda. Me recupero del madrazo, apenas me estoy levantando del suelo y suena el teléfono. Es el jefe de mi chamba.

—Ya hice la nota —le contesto luego-luego.

—También te toca la entrevista.

—¿Entrevista?

—Quiero una entrevista con el homicida.

—¿Con quién?

—Con el asesino —dice por último y, como siempre, me cuelga.

Llego al reclusorio norte. Muchos locales de comida en la explanada del exterior y una enorme fila de visitantes. Me presento con uno de los policías y me lleva al primer puesto de revisión. Me quitan el cinturón, las agujetas y mi último bolígrafo. ¿Cómo haré la nota? Adentro me darán uno. Recorro un largo pasillo, quizá cien metros, al final hay un gran zaguán blanco; el segundo puesto de revisión. Ahí se quedan mis llaves, paso el zaguán y salgo al patio principal, me aborda un reo punk y chaparro con muchos tatuajes. Me dice que me acompaña de ida y vuelta por una lana; levanto la vista y muchos reos me miran, me asedian. Asiento y lo sigo sin mirar a nadie, atravesamos el patio y el chaparro, efectivamente, me hace el paro. Llegamos a un edificio gris con blanco, para reos de alta peligrosidad, nos abren dos corpulentos policías.

—Aquí te espero pa' llevarte de regreso —me dice el punk reo.

Entro al edificio y paso por un último puesto de revisión, donde conozco al coronel Jiménez, quien revisa mi credencial y mi correspondiente acreditación como reportero. Lo sigo por un ancho pasillo con celdas de ambos lados, cada una con una pequeña ventanita de vidrio en la puerta. Nos detenemos en la última, entramos y no es una celda sino una espacio grande y blanco con sólo una mesa rectangular con argollas en uno de los extremos. Voy a preguntarle sobre el homicida cuando aparece el asesino custodiado por dos guardias, trae un bozal como perro y, además de estar descalzo, encadenado de muñecas y tobillos pasando por la cintura. Lo sientan en una silla atornillada al piso frente a la mesa donde se ubican las argollas y pasan por éstas la larga cadena. Se retiran.

—¿Me van a dejar solo con él?

—Lo estaremos monitoreando todo el tiempo —dice Jiménez.

Señala dos pequeñas cámaras en el techo del lugar y cierra la pesada puerta. Volteo a verlo y me mira sonriendo. Temeroso, me siento al otro extremo.

—No pase de la línea roja —me dicen por micrófono. Asiento y el asesino se pone serio.

—¿Eres honesto? —me pregunta.

—Simón —respondo ofendido tras una pausa.

—Entonces te voy a contar la verdad.

Trago saliva de nervios, saco mi cuaderno y me doy cuenta que se me olvidó pedir un bolígrafo o de menos un plumón. Bueno, pues a ver qué puede retener mi cabeza (cansada ya de estas desgracias de la tierra).

—Adelante, dime:

Afirma que llegó del trabajo a su casa como siempre lo hacía desde varias semanas, cuando los del sindicato petrolero le dieron finalmente su plaza. El contrato incluía un jugoso seguro de vida para él y su esposa, sobre todo el de ella por ser más joven y no enfrentar los riesgos laborales. Al llegar le sorprendió encontrarse a su cuñada, la hermana de su esposa, pues además de que nunca los visitaba siempre los criticaba por la colonia que habitaban. Ella fue quien ayudó a su esposa a cocinar y, al sentarse a la mesa, no comió alegando que estaba delicada del estómago. La sopa no le supo rara, empero, apenas al terminarla perdió el conocimiento. Cuando abrió los ojos, dice, ya estaba la recámara ensangrentada. Se horrorizó al ver a su esposa e hija, los cuerpos en las esquinas. Un brutal golpe en la cabeza lo volvió a dejar inconsciente. Lo miro a los ojos y están llorosos.

—Mientes —le digo.

Enfurece e intenta atacarme, pero las cadenas se lo impiden. Repite dos veces el intento y a la tercera uno de los ganchos sobre la mesa sale disparado y, extendiendo la cadena, se avienta sobre mí y me sujeta por el cuello con todas sus fuerzas. Entran los guardias y lo someten a golpes.

—¡Es verdad! —dice mientras se lo llevan arrastrando.

—¿Estás bien? —me pregunta, *y sorprende*, una hermosa mujer de ojos verdes.

—Sí, estoy bien, gracias.

—¿Qué fue lo que te dijo? —me pregunta ella.

—Pues…

—Ella es la hermana —me aclara Jiménez— y tía de las víctimas.

La miro a los ojos y éstos me comen por su fijeza, me ponen nervioso. Quedo cabizbajo, recojo mi libreta e intento despedirme de ambos.

—¿Seguro se encuentra bien? —dice Jiménez.

—Sí, sí, sí, bien, bien, bien. Todo bien.

—Yo lo acompaño —dice ella.

—No hay problema, yo…

—Sígueme —casi me ordena y yo, netamente hipnotizado, la sigo por su belleza.

—Bueno.

Salimos del edificio y el compa chaparro se me acerca, ella le da unos billetes y éste se aleja. La sigo por todo el patio mientras todos los reos a nuestro paso nos gritan de cosas. A ella, por ser tan bella; a mí, por estar con ella. No obstante, mi temor aumentaba no por el asedio de los reos sino porque estaría afuera con ella en tan sólo unos momentos. Bueno, eso tendría sentido si el reo dijera la verdad, pero eso tampoco tiene sentido.

—¿Quieres ir a tomar algo? —me pregunta y la miro estupefacto. Bueno, tampoco tengo porqué estar asustado; es obvio que el tipo miente. Ella no puede ser la asesina. Está muy bonita. Sin embargo, propongo un lugar público.

—¿Y te puedo hacer una entrevista? —le pregunto.

—Sí, pero entonces vamos a mi casa —me dice.

Lo pienso. No, no tengo por qué tener miedo. El tipo del reclusorio no puede estar cuerdo. Además, puedo redondear la nota a través de ella, su versión y explicación como preámbulo de lo que trágicamente sucedió. Es mi trabajo. Llegamos a su casa que, repite varias veces, es rentada. Me siento en un sillón de la sala mientras ella va la cocina por algo de beber. Suena mi teléfono, es mi jefe de la chamba:

—¿Ya tienes la entrevista? ¡La necesito ahora mismo!

—Por qué la urgencia.

—Me acaban de decir que mataron a Juan N.

—¿A quién?

—¡Al asesino que acabas de entrevistar!

—¿Murió? ¡Cómo!

—Quién murió —pregunta ella cuando regresa.

—Nadie, nadie —le digo y guardo el teléfono.

—¿Era de tu trabajo? —me dice muy coqueta ofreciéndome un trago.

—Sí, sí, quieren la nota de otra cosa.

—¿Qué otra cosa?

—Una boda —digo por decir y ella ríe.

—Eres un mentiroso. ¡Salud!

Miro mi copa mientras ella da el primer trago.

—¿No vas a beber?

—Ando tomando medicina —miento, en realidad es miedo.

—No te pasa nada, tú bebe.

Miro mi copa nuevamente. ¿Estoy paranoico? ¿En verdad ese tipo me puso a alucinar? ¿A dudar? Todas las pruebas están en su contra. ¡Imposible! Pero lo mataron. ¿Quién lo habrá matado? Tal vez se excedieron cuando quisieron controlarlo. Sigo cavilando, miro nuevamente la copa y, a través de ésta, logro vislumbrar una extraña sombra; enfoco y, al apartarla, me sorprendo al ver entre mis ojos el cañón de una pistola con silenciador.

—¿Por qué me apuntas? —replico.

—Ochenta millones.

—¿Ochenta millones?

—Eso es lo que me va a dar el seguro por la muerte de mi hermana y mi sobrina.

—Entonces es verdad —suspiro.

—Sí, pero no como parece. Fui muy humana al respecto, sólo fue veneno, todo lo demás vino después; pero eso seguramente ya lo sabías.

—No lo sabía.

—Pues ya lo sabes y, aunque tu vida valga una mierda, no quiero arriesgarme. Adiós, pendejito.

Cierro los ojos y jala el gatillo, pero no pasa nada. Abro los ojos y ya no me apunta, batalla nerviosa con la pistola; logra quitarle el seguro y se la intento arrebatar, forcejeamos. Es muy fuerte y caemos al piso, ella encima de mí.

—¡Suéltala, maldita sea! —me grita—. ¡Suelta!

Me da una patada en los güebos y me desarma. Intento levantarme y me golpea con la pistola en la cabeza, luego en el ojo, empero, el silenciador se dobla y se pone furiosa.

—¡Vas a ver, hijo de la chingada! —me advierte y se retira de prisa.

Me levanto con mucho esfuerzo, apoyándome en un sillón. Entra con un enorme cuchillo y lo asesta en mi espalda, lo repite dos veces más y forcejeamos con el cuchillo ensangrentado. Me repite la patada en los güebos y vuelve a dejarme doblado en el suelo. Me sujeta del cabello y pega el filo del cuchillo en mi cuello.

—No, no —imploro—. Por favor…

—Diré que me atacaste porque querías el dinero del seguro, que me chantajeaste y que eres cómplice de mi cuñado. Yo me defendí como pude y, al final de cuentas, tuve que matarte. Así que, despídete de tu miserable vida, reportero de mierda.

¡Bang!

El silenciador se descompuso, se rompió, pero la pistola seguía funcionando. A tientas la encontré y, sin pensarlo, le apunté jalando el gatillo una sola vez. El resto del dispositivo salió impactado por la bala que, finalmente, terminó en su frente. Justo en medio de aquellos ojos verdes. Las llamas del infierno se apagaron con su muerte.

Al final salió la nota, transcribieron por completo el audio en mi teléfono, nunca colgué y mi jefe graba toda las llamadas. Así quedó todo registrado sin que, por fortuna, yo tuviera que escribir dicha experiencia para el diario en el que, lamentablemente, sigo trabajando. Pues a pesar de todo lo sucedido, sigo teniendo el mismo mísero salario. No me importa, estoy vivo.

Matar a Donald Trump

El verdadero muro es el miedo

Estudié en el colegio Williams toda mi vida, desde preprimaria hasta la prepa, pero al salir de ahí, cuando me expulsaron por haber instalado una paloma que destruyó uno de los escusados del baño, quería conocer otros mundos distintos a ese mundo en el que había crecido; ya no quería ser un burgués cínico sino un auténtico poeta que explora todas las posibilidades literarias del ser. Un filósofo del devenir.

No obstante mi anterior discurso, me encuentro en una fiesta de dicha generación; una vieja casona en la calle Francisco Sosa. Hay mucha gente y reconozco a muy pocos, la mayoría son fantasmas, los observo y la popularidad en la fiesta reside en quién es más exitoso en los negocios, por lo que yo me mantengo alejado y misterioso, como leyenda urbana que está más viva en los recuerdos de la escuela que en la vida diaria de toda esta banda. ¿A quién le importa la vida de un filósofo? A nadie de aquí, eso es seguro. Algunos me saludan, otros sólo me miran cuchicheando y, luego de que platico trivialidades con algunos fanáticos de mis atentados, decididamente me aparto de todos. Voy a refugiarme a una pequeña y antigua sala al otro lado de la estancia, me siento aliviado estando solo y me siento en un sillón arrinconado junto a una vieja lámpara. A mi lado un enorme librero, lo miro y un libro me grita. *La nada nadea*, compilación de ensayos sobre Heidegger.

El ser como existencia y su esencia como el devenir de su propia naturaleza, leo y reflexiono en el problema filosófico de la identidad y su interpretación; inevitable la ejemplificación, la concreción mediante la trágica coyuntura del racismo y la segregación. ¿Por eso Trump *trumpea*? ¿Y esa es su verdadera naturaleza o sólo el personaje para llegar a la casa blanca? ¿Seguirá *trumpeando* igual que cuando era candidato? ¿Y enoja tanto a los mexicanos sólo por lo que dice o porque muchos gringos piensan como él? Mis pensamientos se interrumpen, momentáneamente, cuando una mujer entra y se sienta al otro lado de la sala. Discretamente, me pongo mis lentes de miope para observarla y mi mente se paraliza por su personalidad, el basamento de su belleza monumental. Su lindo perfil al mirar los óleos en las paredes, su sonrisa al mirar su teléfono y sus ojos, *sus ojos*. Me sumerjo en los ojos más hermosos… Reacciono y vuelvo al libro, me quito los lentes y continúo leyendo. Vuelvo a la naturaleza del ser y medito en el último párrafo del escrito; viendo al vacío, a la nada, mi mirada por completo desenfocada. Sin embargo, mis ojos se dirigen directamente a los de ella sin darme cuenta; segundos, muchos segundos. Y en la imagen borrosa percibo que levanta su mano ¿saludándome? Sorpresivamente me lanza un beso.

Cierro rápido el libro y me lastimo el pulgar, de reojo la miro pero no hago caso; ya me ha pasado que creo que alguien me saluda y en realidad no me saluda, se siente muy feo y por eso ya no me confío al respecto. Empero, me sigue mirando y mi intuición me grita que espera una respuesta. No te creo. Me pongo los lentes y todo regresa a la normalidad, ella observa su teléfono. ¿Ya ves? Tenía razón. ¿En qué me quedé? Mientras busco el párrafo perdido, su mano golpea la mesa de la lámpara, levanto mi mirada y, aún enojada, tiene la más hermosa mirada.

—¡Qué te pasa!

—¿Eh?

—Te tiro la onda y tú nada. ¿Por qué te me quedas viendo y luego no reaccionas? Si no te gusto no hay pedo, pero no te andes con jaladas.

Y se retira dejando una estela de hermosura, la espalda de la protagonista de un cuadro de Rembrandt, su silueta y las sombras y la textura del óleo endurecido con delicadas sombras. Dejo caer el libro, involuntariamente, y la página setenta y dos dice *Sólo hay mundo donde hay lenguaje*. Me levanto y atravieso la casa en su búsqueda, no está por ningún lado y rápidamente voy a la puerta principal. Salgo a la calle y ahí está, desvaneciendo en su caminar la penumbra que acaricia los árboles del parque Santa Catarina.

—¡Cómo te llamas!

Se detiene y, delicadamente, voltea; su mirada delineada por el cuello de su chamarra de piel negra que en la espalda tiene una figura hecha con tachas color plata. Una diosa griega alumbrando el destino y mi mirada.

—Invítame una mezcal.

—Sí… —contesto titubeando.

—¿Sí o no?

—¡Sí!

Apenas ríe y las hojas de los árboles vibran metafísicamente, la poética de la emoción y el enigma como explicación. Vamos a una barra de tapas, pizzas y chapatas; nosotros sólo mezcal. Ella es actriz y yo un poeta, una combinación compleja pero compartimos tendencias artísticas, intuiciones emocionales y estéticas. Le gusta experimentar en escena y el riesgo de la desinhibición, los retos actorales y, por supuesto, los personajes oscuros. Brindamos por tercera vez cuando recibe una llamada.

—¿Hola?... Sí, ya está todo listo. Mañana lo llevo. Todo bien, no te preocupes. Cenando. Muy bien. Te veo mañana. Sí, como estaba planeado.

Cuelga y seguimos platicando. Se interesa por conocer mi filosofía y sonroja mi alma, le explico mi tesis de la comprensión ontológica y me enseña las fotos de algunas pinturas para ejemplificar algunos conceptos de nuestra conversación. Me pasa su teléfono para que yo mismo las seleccione mientras ella pide el cuarto y último mezcal de la noche. Sorpresivamente aparecen, primero, fotos de armas de alto calibre, continúo (en una inercia del mezcal y no de la curiosidad) y luego un video de ella disparando.

—¡Esas no las veas! —me reclama riendo—. Es un entrenamiento que hice… ¡Pero no las veas, me veo muy fea!

—Es imposible que tú te veas fea.

Sonríe y, luego de chupar un gajo de naranja con chile en polvo, me besa. Pide la cuenta e inmediatamente se para a bailar, apenas me percato que Jim Morrison está cantando.

Bailamos, echamos desmadre y nos seguimos besando. Nos abrazamos y, con la mirada, nos retiramos de la barra bajo la neblina y los restos de lluvia; se detiene, suspira pensativa. Le pregunto y me dice que es la última vez que estaremos juntos. ¿Por qué dices eso? Nuestras figuras fundidas bajo la penumbra que continúa en su recámara. Me quita la camisa cuando vuelven a llamarla, contesta molesta y sale de prisa. Me veo en el espejo de la cómoda y, notoriamente, me hace falta hacer ejercicio, veo una cajetilla de cigarros en su buró y prendo uno mientras espero; busco el baño pero abro la puerta equivocada, una súbita sorpresa. El armario tapizado de imágenes tachoneadas de Donald Trump en campaña y la leyenda MAKE AMERICA GREAT AGAIN como constantes letras. No es un altar, sino más bien parece como un objetivo…

—¿Qué haces? —me sorprende por la espalda y me quita el aliento.

—Nada, nada, estaba buscando el baño.

—Es ahí.

Asiento y entro, me echo agua en la cara y me miro al espejo. Todos tienen sus manías ¿no? Me arreglo un poco el pelo y salgo. Ella me recibe con una avalancha de besos y me tira en la cama; por un momento se me queda viendo. ¿Qué? Me abraza. La miro y la beso, sus labios y su cuello, sus senos y su sexo. Entonces hacemos el amor más grande de todos los tiempos.

—Es la última vez que nos veremos —me dice mientras fuma pensativa.

—¿Por qué? —le pregunto y me contesta con una suspirada pausa. Finalmente me cuenta de su activismo revolucionario. El origen, proceso y desarrollo de su movimiento. Una pausa larga, extendida y con sus primeras lágrimas; no obstante, continúa su relato. Ha comprometido su vida a dicho grupo y sólo puede confiarme que seguramente morirá al cumplir con su única misión. La más importante de todas.

—¿Pues qué tienes que hacer? —pregunto ingenuamente.

—Matar a Donald Trump.

Un silencio sobre el tema eterno. Apaga el cigarro y se viste invitándome a desayunar, seguimos platicando de filosofía y le comparto algunos de mis textos. Le llaman y no contesta, me mira a los ojos y vuelvo a sumergirme en el paraíso más hermoso. Se despide dándome un abrazo muy fuerte y un beso en los labios, vuelve a desvanecerse en la distancia del tiempo y el otoño en un cuadro de Van Gogh.

No la he vuelto a ver desde entonces. Mi corazón está desolado y mutilado, temblando y extrañando, extrañando su ser y extraordinario deber ser. Ayer regresé a lo que era su casa y ya estaba habitada por otras personas. La he buscado por toda la red y nada, nada de nada y mi alma permanece abandonada. Mi única esperanza es que cumpla su misión. Sólo así podré saber de ella y, quizá, volver a verla.

El portentoso Chamán

Observo el desierto de San Luis Potosí por la ventana del autobús, las múltiples cactáceas pasan apresuradamente bajo un hermoso cielo azul, melódico y solar; las nubes son tenues y danzan alegremente, como el espíritu cuando es libre filosóficamente. Me bajo en una estación abandonada y polvorienta, el autobús se aleja y escucho la voz del fallecido chamán que me indica la dirección que debo tomar. Me adentro al misterio y en mi caminar me pongo a recordar en cómo comenzó todo esto.

Llueve en el centro de Coyoacán mientras espero el rojo del semáforo para cruzar. Llega a mi lado un anciano de sombrero de paja, ralo bigote, escasa barba cana y traje de manta; mirada avanzada y de soledad por el tiempo indígena, el cáncer de los dioses como la realidad que afrenta y la tristeza por el destino de auténtica tragedia. Su morral está a punto de vencerse, sus huaraches viejos y los pies curtidos como sus suelas de maltrecha llanta. Espera ansioso para cruzar y me mira, le sonrío como saludo y, aunque serio, asiente amable con la cabeza. Se pone el rojo y los autos se detienen, ambos cruzamos pero el anciano lo hace rápido y tropieza a la mitad del paso de cebra que apenas está pintado de blanco.

—¿Se encuentra bien? —le pregunto y ayudo a levantarse. Se sienta en la banqueta y espero a que se recupere, se mira la mano y está sangrando. Voy a una tienda en la esquina por alcohol y algodón, pero cuando regreso el anciano ya no está; pregunto a la gente y nadie sabe nada. Miro mi reloj y me voy corriendo a Las Diablas, la cantina donde tengo una cita.

Me encuentro con Max Parker y Jeniffer Méndez, ambos estadounidenses, quienes me ofrecen hacer la música para su película. El pago es muy bueno y asiento de inmediato, en ese mismo instante recibo el texto y lo hojeo, brindo con un mezcal antes de leerlo. *Un niño conoce a diversos chaneques y juega con sus mágicos poderes.* Un cliché, pero no digo nada. No hay tema ni conflicto interesante y el argumento es ridículo, sin embargo, necesito el dinero y firmo el contrato para trabajar con ellos. Se emocionan y piden una botella de mezcal, platicamos sobre algunas escenas y uno, dos, tres mezcales y la mitad del texto subrayado. Cuatro, cinco, seis mezcales y el texto terminado. Profundizamos, nos reímos y nos despedimos con abrazos. Quedamos de vernos en un mes para mostrarles mis avances y atravieso el jardín Centenario, solitario y taciturno, siempre meditando.

Cuando descubro tirado en el suelo al anciano de sombrero de paja, ralo bigote, escasa barba cana y traje de manta.

—¿Se encuentra bien?

Me mira y, sin decir nada, arrastra sus ojos rojos de llanto. Suspira hondo, toco su hombro en apoyo y lo ayudo a levantarse. Le pregunto si tiene hambre y asiente callando, avergonzado. Le invito unos tacos y, mientras los devora, me platica su desventura. Caminaba hacia el metro Copilco, para tomar un autobús hacia el pueblo de Contreras, cuando fue asaltado violentamente por una banda de criminales que viajaban en un convertible blanco de cuatro puertas. Le pregunto el monto de lo robado y me dice que, no obstante se llevaron toda su herramienta de trabajo (es jardinero), lo único que le importa de aquella pérdida no es cuantificable económicamente. No tiene monto ni puede, muchos menos, calcularlo.

—¿Pues qué es?

—Un peyote —me contesta y me invade el misterio de la coincidencia, lo místico y la explicación de su revelación como relato—. El peyote que alberga el alma de mi difunta amada.

Su esposa enfermó años atrás y, luego de una convalecencia de sufrimiento, murió de cáncer de seno que terminó por invadirle todo el cuerpo. Le llegó hasta la cara y tuvieron que quitarle la quijada. La enterró en el panteón de su pueblo y, un año después, se llevó una gran sorpresa. En el corazón mismo del montículo de tierra había nacido un peyote, grande y frondoso, floreciendo hermoso; en esos pequeños pétalos aparecieron los ojos de su esposa, las formas de su cuerpo y el color de su boca. Sintió presenciarla, olerla e incluso tocarla. La textura azul verdosa como su mano al cerrar los ojos, tocándola de lejos, entre lo físico y lo inmaterial, entre lo material y trascendental. Una ambivalencia sin contradicción ni resistencia, sino equilibrio ontológico del ser y su temporalidad como existencia. La apoteosis metafísica de la experiencia ante la aparición del peyote y su ánima eterna. Decidió quitarlo con cuidado y sembrarlo en su casa, algo sentía que lo acompañaba y que su amada se fundía con la naturaleza que lo acompañaba, como si en aquel cactus sin espinas se alojara eternamente su alma desesperada. Sin embargo, el asalto a mano armada interrumpió el inicio del rito y el comienzo de un nuevo ciclo; le apuntaron con una pistola mientras los otros lo jaloneaban y despojaban de su amada. Un golpe en la nuca concluyó el robo y el anciano cayó al cemento con dureza. No se pudo levantar hasta que lo encontré por segunda vez.

—Tenemos que encontrarlo —me dice terriblemente angustiado.

—¿Dónde?

Viven en el barrio del viejo, los ha visto pasearse y amedrentar por las calles, extorsionando a pequeños negociantes y vendiendo piedra en todas partes. Lo pienso y me atrevo, le propongo ayudarle para recuperarlo.

—Primero vamos a mi casa. Por armas —aclara.

Entonces ya me dio miedo. ¿Armas? Eso no es lo mío. Ahora mi única arma es la poesía, la literatura y la filosofía. Tres niveles de ataque y defensa estética, emocional y analíticamente racional. No obstante, quiero cumplir mi promesa y ayudarle; tomamos un taxi y nos dirigimos a su casa. Pequeña y de madera, rodeada del bosque como frontera. Las fotos de su esposa cubren la pared principal. Muy hermosa, observo y pienso cuando el viejo me entrega un viejo fusil M1 con varios cartuchos.

—Pero yo no sé usar esto.

En menos de un minuto lo desarma, lo arma, lo carga y lo recarga, dando por hecho que con sólo dicha muestra podré usarlo con eficacia.

—¿Y usted con qué se va a proteger?

Se coloca dos carrilleras, cada una con un revolver; bajo la derecha un Colt 45, bajo la izquierda, un Eagle Thompson 38.

—¿Qué vamos a hacer? —le pregunto algo nervioso.

—Vamos a recuperar el alma de mi amada —dice y recarga sus armas.

—Sí, pero… ¿Qué vamos a hacer *exactamente*?

Queda quieto y me mira fijamente, no dice nada y no atenúa nada en su inmovilidad de suspenso ante mis ojos. Su silencio, de ruido visual, lo dice todo. Salimos de su casa y nos sumergimos en la noche nublada.

—¿Dónde buscamos?

Me sorprende que ya conoce el lugar con destreza y, con total certeza, afirma que justo en ese momento se encuentran todos ellos reunidos. ¿Qué viene después? Pienso mientras caminamos.

¿Vamos a llegar a preguntar o los vamos a amenazar? ¿Los vamos a someter o…

El viejo me sorprende disparando a la cerradura de una puerta metálica, la patea y entra a un pequeño patio disparando a las ventanas de la casa; dispara también en la puerta principal y entra posterior a otra patada. Yo me quedo en el patio mientras en el interior brillan las detonaciones y su ruido seco acaece entre diminutos fragmentos. El tiempo acribillado por el plomo y los muertos.

Uno de los ladrones sale por la ventana huyendo, con los vidrios en su cuerpo y la sangre apenas perceptible en la cara; cae al suelo y, al levantarse, me mira. Ambos quedamos inmóviles. Hasta que saca una navaja y, aún justificándome en defensa propia, fue algo terrible que nunca voy a olvidar en mis traumas. No sé soy culpable o inocente, simplemente reaccioné. Cuando sacó su navaja le disparé, su cabeza se partió en dos y en un horrible ser se transformó; se fue de espaldas emitiendo escalofriantes gritos. No murió de inmediato pues, cuando el viejo salió con su amado peyote, el caído aún se estrechaba consigo mismo bajo el dolor de tan brutal y ralentizada extinción. El viejo me jala del brazo y salimos corriendo aún escuchando los últimos gritos.

Recorremos dos cuadras sin problema, pero al iniciar la tercera nos deslumbra una potente luz flanqueada por el azul y rojo de una patrulla. Retrocedemos y huimos por la calle aledaña, pero el viejo está exhausto, sumamente agotado y le duele el pecho. Ya no puede más, yo intento cargarlo pero se molesta y, tomándome de la solapa, me pide el más grande favor de su existencia. Llevar el peyote al desierto.

—No estará seguro si algo me pasa —me dice y me lo entrega en un morral.

—¿Dónde? ¿Dónde exactamente? —le pregunto y recibe un tiro en la espalda.

—¡Vete! —me responde empujándome y se voltea para dispararle a los policías. Emprendo la carrera dejando atrás los gritos y la balacera. Llego a la otra cuadra y, cubriéndome en la esquina, me asomo un poco. El viejo ha abatido a varios policías y ya son dos patrullas las que le apuntan y una más que se acerca. Entonces el apoteótico final. Lo acribillan en medio de la calle entre la neblina de la noche y la humareda del plomo. La luz de los faroles y de las patrullas recorren su cuerpo mientras el resto de los policías, apuntando con sus armas, se le acercan precavidamente.

—¡Corre! —escucho su voz y me asusto, corro sin detenerme por unas diez cuadras; en el trayecto aviento el fusil al río entubado por una coladera abierta y llego a un puesto de tacos atiborrado por la clientela. Pido tres, que ni siquiera llego a probar, mientras varias patrullas pasan rápido por el lugar, la gente se pregunta qué pasó y yo oculto mi rostro. Minutos después, pago y me subo a un taxi que acaba de dejar pasaje; le doy mi dirección y todo el trayecto me mantengo con los ojos cerrados, únicamente cuidando el peyote con mucho cuidado.

Ya en el desierto estoy en medio de la nada, la distancia súbitamente se pierde y la temperatura infernalmente asciende. El sol quema mi piel, mi cabello y mis ojos; tengo mucha sed y una tormenta de arena se acerca. ¿Qué hago aquí? Las dudas apenas comienzan a aparecer cuando mis temores resurgen de inmediato. Entre la bruma desértica veo al anciano, quien con el brazo me indica seguirlo, cruzamos un mundo de espinas y piedras mientras la tarde cae con el sol exaltado. El anciano se detiene y, luego de ser cubierto completamente por la arena, desaparece. Una luz naciente se eleva dejando su estela y en su lugar aparece un peyote, comprendo la lógica cósmica y planto a su lado el peyote de su amada.

—Gracias —escucho su voz y levemente sonrío, cierro los ojos y emito un hondo suspiro. Una serenidad sin precedentes en mi alma.

Vamos de regreso a casa.

La bomba de Norcorea

A la memoria de Akhnaton
(1983-2017)

Todo comenzó la tarde del sábado cuando fui a ver la obra "La pinta de Ana" en La Teatrería (colonia Roma). Llegué temprano y encontré estacionamiento justo al frente, pagué tres horas de una vez en el parquímetro (porque una vez me pusieron el in-movilizador en ese mismo lugar y, a pesar de la hermosa voz de Daisy en el escenario esa noche, no quería repetir el riesgo y el consecuente pago para su retiro) y fui a la taquilla para pedir mi boleto de prensa. Me asignan el lugar al centro de la segunda fila, comienza la obra y, como siempre, escribo cuando la correspondencia poética se apodera de mi mano, cuando el ser y el devenir se despliegan en un mismo plano.

—La comprensión ontológica —así le llamo a dicho suceso literario.

Termina la obra, aplaudo como reconocimiento del trabajo escénico y reviso mi cuaderno lleno de apuntes deformes, pues tengo que corregir la legibilidad de varias palabras que la mayoría del tiempo escribo a oscuras y, si en ese momento no las verifico, luego no recuerdo su sentido. Entonces reconozco entre el público a la hermana de Samantha… Una actriz que tiene una sonrisa encantadora, unos ojos profundos y una mirada que ilumina, *literalmente*, la vida. Me invita al día siguiente al cierre de temporada de la obra en la que actúa, "El Balcón" de Jean Genet, en el Foro Vicente Leñero de CasAzul.

—Claro que voy.

Salgo de La Teatrería, me subo al auto y, al revisar mi teléfono, me sorprende que tengo dieciocho llamadas perdidas. Verifico, niego con la cabeza y lo confirmo. Es mi primo Eric Ramner, ¿lo recuerdan? Fue quien hace un año me pidió acompañarlo a Tamaulipas, lo que no me dijo es que el auto en el que viajaríamos traía escondidos treinta kilos de cocaína. ¿Sí se acuerdan? Pues luego de un desmadre, al final de todas las complicaciones progresivas, mi sobrina Aline (de sólo trece años) resolvió toda la crisis con su increíble y sorprendente talento con las armas. Bueno, pues ahora este cabrón quiere verme urgentemente y me dice que es un asunto de vida o muerte.

—¿Dónde andabas? —le pregunto al encontrarnos en un café sobre Álvaro Obregón—. ¡No te veo desde hace un año!

—Antes que nada, gracias por ayudarme la otra vez.

—¿Ayudarte? ¡Terminé haciéndolo todo! ¡Y por poco nos matan! ¡¡A mí y a tu hija!!

—Sí, ya me contó Aline. Disculpa por haberte involucrado en algo que nada tiene que ver contigo, de verdad lamento que hayas pasado un mal rato.

—¿"Un mal rato"? ¿Así le llamas a casi morir a balazos?

Un silencio prosiguió el conflictivo momento y sólo se escuchaba el ruido de los cubiertos a lo lejos. Lo miro y está cabizbajo. Pinche primo, siempre ocultando sus desmadres y siempre engañando a todos haciéndose el santo, y así ha sido desde niño. Es la tormenta de Parménides, la locura de los romanos ante Cristo y el más brutal torbellino, sin embargo, es mi primo. Lo quiero mucho, aunque esté loco y sea un potencial convicto. Es su esencia, creo. Bueno, eso diría Platón. O su naturaleza, según Aristóteles.

—Y Nietzsche diría que eres un pendejo —me dice riendo.

—Ya estás muy de buenas ¿no? ¿Y el asunto de vida o muerte?

No le hubiese preguntado y, antes de ello, debí pararme y retirarme tomando la disculpa por lo de hace un año como un buen acuerdo sobre el pasado. Pero no fue así, comenzó a explicarme sobre el favor que quería y el dinero que me daría en caso de asentir. Me negué alegando la experiencia anterior aun cuando me ofreció quinientos mil por cruzar un camión a El Paso, Texas. No necesitaba preguntar sobre su contenido, seguro se trataba de narcóticos. Me negué.

—¡Por favor, ayúdame! Ya me comprometí y no quiero asociarme con nadie para esto, sólo tú y yo y te juro que te doy los quinientos mil en efectivo.

—¡Ni por un millón de pesos lo haría! —afirmé seguro de mí mismo.

—*Pendejo...* —me replicó—. ¡Yo te estoy dando más de un millón de pesos!

—¿Pues no que quinientos mil?

—*¡¡Quinientos mil dólares!!*

—Oh...

La codicia me brinca en el alma como una ambiciosa rana, niego varias veces la cabeza para quitármela pero, en milésimas de segundo, comienzo a considerar las posibilidades. Sólo sería un viaje. Y bueno, el tema de las drogas es algo que ya se está debatiendo y no creo que me deje una huella históricamente mala. Así pasó con el alcohol en un tiempo y hoy nadie juzga a los que lo traficaron durante la prohibición. Me refiero sólo al tráfico y no a la violencia. Yo sólo sería la mula que lo traspasa y ya, no tengo nada qué ver con la producción ni con las muertes que genera su ilegalidad. ¿O no?

—A ver, platícame el plan —le digo—, pero aún no te confirmo nada, primero necesito conocer los riesgos y lo pienso, reflexiono y, si es el caso, te confirmo. ¿Sale?

Me miró con una sonrisa como si estuviera seguro de que aceptaría y que la explicación sólo era una formalidad para nuestro seguro acuerdo consensual. Pues bien, me contó que el trabajo le fue solicitado por un empresario asiático que quiere pasar un camión de insumos (supuse, sin preguntarle, que la intención era producir drogas sintéticas en territorio estadounidense) como prueba paradigmática de futuros trasiegos. Si el plan tenía éxito, en el cual me involucraba de chofer, ello significaría un acuerdo millonario con mi primo, experto en el cruce fronterizo clandestino. Me despido de él en la calle y quedo en llamarle al día siguiente.

—¡Anímate primo! —me dice de lejos—. ¡¡Saldrías de todos tus pedos económicos de por vida!!

Me subo a mi coche, un Spark, regreso a casa y me siento a escribir la reseña de "La pinta de Ana"; termino, la reviso y la envío por correo electrónico a los medios en los que colaboro. Ya desahogada dicha responsabilidad periodística, me pongo a reflexionar sobre la oferta millonaria de mi primo.

Chale.

Suena el timbre, me asomo por la ventana de la planta alta pero no veo a nadie. Vuelve a sonar, ahora con férrea insistencia, bajo las escaleras de la casa, abro la puerta de la calle y me encuentro de frente con un negro gigante y fornido.

—¿Es usted Serner? —me pregunta con acento cubano.

—¿Eres de Cuba?

—Sí ¿por qué?

—Yo estudié en Cuba, en la Universidad de La Habana. ¿De qué parte de Cuba eres?

—Cerca de Camagüey, por... (*transición*) Eres Serner, ¿sí o no?

—Simón.

El tipo saca una pistola y me apunta, de la nada aparecen dos chinos (uno gordo y otro flaco) que me sujetan y, violentamente, me meten a la fuerza en la parte trasera de una camioneta. Yo grito como loco mientras intento defenderme hasta que recibo la brutal amenaza de cortarme la cara si no me quedo quieto. Ya no me muevo, la camioneta enciende y se pone en movimiento.

—¿Es un secuestro? —pregunto luego de unos momentos.

—No, pendejo —me contesta el cubano—. Te estamos llevando de paseo.

—¿Adónde?

—*¡Sí es un secuestro, idiota!* —dice por último golpeándome la espalda.

La camioneta siguió su curso durante una hora, sentí una pendiente y, finalmente, se detiene para entrar en la cochera de una casona en Lomas de Chapultepec (eso lo supe después). Me bajan a la fuerza y entramos a una enorme estancia, me sorprendo al ver a mi primo muy cómodamente sentado en una sala de cuero roja bebiendo con el señor Wong, un asiático millonario, y su guapa secretaria Francesca, una chica italiana.

—¿Él es tu primo el filósofo? —pregunta Wong en perfecto español.

—Pues eso dice —contesta Eric— pero a mí se me hace que sólo es un güebón sin trabajo —y ambos se echan a reír a carcajadas.

—¿Qué pedo, Eric? —le reclamo—. ¿Por qué me traen así? ¡Me secuestraron!

—¡No te secuestraron, primo!

—¡Me trajeron a madrazos!

—그가 돈을 많이 벌 것이라고 말해.

—¿Qué dice este pinche chino?

Wong explota molesto al escucharme y se pone a gritarme cosas en su idioma, los otros chinos amenazan con golpearme pero el cubano convence al señor Wong que me dejen en paz.

—No es chino —me dice mi primo discreto.

—Perdóneme, señor Wong —le interrumpo diciéndole—. No quise ser racista y asumir que era chino sólo porque es asiático. Sé que es una tontería, nuevamente perdón y disculpe mi torpeza.

—좋아, 좋아 —me dice sereno luego de una pausa en que me mira de manera intimidante—. 사과 드리겠습니다.

Me ofrecen asiento y me niego, alego que me tengo que ir pero, los dos asiáticos, el gordo y el flaco, me obligan a sentarme mientras el cubano me sirve un vaso de whisky (al parecer la bebida favorita del chino, digo, del señor Wong). Los tres bebemos. Apenas doy un trago y ya me están sirviendo el otro, y así nuevamente otro, lo pongo a mi lado sin dejar de pensar en cómo salir de allí.

—*Is he a good driver?* —pregunta Wong a mi primo.

—*The best* —le contesta y luego me pregunta a mí—: ¿Verdad, pendejo?

—¿Qué?

—¿Verdad que eres un chingón al volante? ¡Dile a mister Wong que corrías en *rallys*!

—No es cierto.

—Tú dile… —insiste mi primo cerrándome el ojo.

—Pues no manejo mal que digamos… *¡Pero no!* ¡Yo no quiero hacer nada de eso, yo tengo cosas que hacer, mañana tengo que ir a una función y no puedo faltar y además…

El señor Wong levanta su mano para que me calle, luego dice algo al oído de su secretaria y ella voltea a verme llamándome, coquetamente, con la mano.

—Acompáñala, primo —me dice Eric sonriendo.

—¿Adónde?

—그녀와 함께가! —me grita.

—Dice el jefe que me acompañes —me dice Francesca.

—Bueno.

—그에게 차를 보여줘.

—¿Y ora qué dijo? —le pregunto a ella.

—Dice que te va a hacer una oferta que no podrás rechazar.

—¿Eso dijo?

—Algo así —me dice tomándome la mano para acompañarla hacia unas escaleras que descienden a un lado de la estancia mientras escucho a mis espaldas algunas risas. Nos adentramos en una oscuridad total.

—No veo nada.

—Ten cuidado, puedes pegarte con-

—*¡Auch!* —me golpeo horrible en la rodilla.

Francesca enciende unas luces blancas, me tallo los ojos por el resplandor y, cuando puedo visualizar sin problema, estamos en una cochera de lujo con una decena de flamantes autos de colección.

—Mira —me dice Francesca tocando un Ferrari—, si haces bien el trabajo, este puede ser para ti.

—No me gustan los coches.

—*¿Qué?*

—No es que no me gusten, pero tampoco me emocionan.

—Pero los usas ¿no? ¿O tampoco manejas?

—Tengo coche pero preferiría usar bicicleta, aunque en esta ciudad es mucho riesgo

¿no? Además tengo una fobia de morir atropellado. ¡Imagínate!

Francesca quiere decir algo pero la interrumpe un mensaje en su teléfono, lo revisa y me mira.

—Vuelvo enseguida —me dice antes de salir.

En lo que regresa camino entre los autos. Además hay un BMW, un Porsche, un Audi, el Ferrari y otros que no reconozco su marca. Al fondo hay una puerta de vidrio deslizable, la abro y en una pulcra bodega descubro un camión. *El camión que hay que cruzar al otro lado.* Voy a ver.

Era nuevo, completamente blanco y con el logo de una empresa de dulces mexicanos en los costados. Abro la puerta trasera, la luz ilumina el interior y me sorprende por completo lo que veo. Un extraño artefacto metálico, de un metro y medio de diámetro, encajado en una sola caja que aparentan ser varias con el logo de los dulces. Me subo, me acerco y veo que el enorme dispositivo tiene letras orientales. No son chinas, pero tampoco japonesas. Veo un sello y, sin saber qué significa exactamente, la intuición se apodera de mis sentidos y siento un hueco en el estómago, las piernas y los brazos fríos, la visión borrosa como la gestación de la más fuerte de las migrañas.

—¡No lo toques! —me sorprende Francesca.

—¿Qué es?

—No puedo decirte.

—¿Por qué?

Ella sólo niega con la cabeza.

—Es una bomba ¿verdad?

Ella asiente.

—¿Nuclear?

Asiente con sus ojos.

—¿Cómo puedes trabajar con ellos? —la juzgo.

—Me pagan buen dinero, *como a ti.*

—Bueno… —me quedo pensando—, a mí todavía no me dan nada.

—¿Cómo?

—Olvídalo.

—¿No te dijo tu primo?

—¡¿Mi primo lo sabe?!

—Todos los que están aquí lo saben.

—¿Y qué van a hacer con ella?

—Detonarla —dice luego de una pausa.

—*¡Dónde!*

—Eso sólo lo sabe el jefe.

—El chino.

—¡No es chino, es coreano!

—Sí, sí, el señor Wong. (*transición*) ¿Es coreano?

—Sí, pero no un burgués del sur sino un auténtico revolucionario.

—*Norcoreano…*

—¿Qué te pasa? Estás sudando —dice tocando mi frente—. ¿Estás nervioso?

Entra el cubano fumando un puro, nos mira a ambos y bromea creyendo que estamos ligando.

—Ya vengan, tórtolos —dice riendo—. ¿Ya escogió su auto? —le pregunta a ella.

—Aún no —contesta Francesca y el cubano se echa a reír a carcajadas palmeándome la espalda.

Regresamos a la estancia y, a partir de ese momento, todo se volvió diferente, los rostros, incluido el de mi primo, me parecieron de miedo. Pinche Eric, ¿cómo puedes ser parte de esto? La lana no te va a servir de nada si esto se sale de control. Me sentía como en un sueño de caída libre, una broma de la muerte o una película de David Lynch (o todo al mismo tiempo). ¿Una bomba nuclear? Esto supera todas mis demencias juntas, ya no sólo sería un loco poeta inadaptado sino un maldito psicópata. ¡Un genocida! Está cabrón. Está muy cabrón.

¡Tengo que salir de aquí!

Pero los tragos de whisky siguieron llegando y, entonces, sucedió *el altercado*. El señor Wong ordenó a Francesca ir por algo y ella regresó con una caja de plateada, de ahí extrajo diversas bolsas con diferentes tonos de polvo blanco cada una; empero, algo de lo que probó de una de éstas no le gustó y le dio una brutal cachetada, ella quedó encorvada y cubriéndose el rostro enrojecido. *Yo me puse de pie*. Ella levantó su mirada, se irguió y, aún cubriéndose la mejilla, comenzó a insultarle en coreano. El señor Wong, fuera de sí, la tomó del cabello y la tiró al suelo gritándole improperios. Yo doy un paso y siento que alguien me sujeta de la ropa, volteo y es mi primo rogándome con sus ojos no intervenir. Francesca quiere defenderse y el señor Wong comienza a patearla brutalmente. Me suelto de Eric y, en un santiamén, estoy sujetando por la espalda el cuello del señor Wong hasta hacerlo caer sobre la mesa de vidrio. Todo su peso cae sobre mí y quedo lastimado sin poder levantarme, más aún cuando sus ayudantes comienzan a golpearme.

—¡Ya, ya, déjenlo, déjenlo! —escucho a mi primo hasta que su voz se desvanece con la pérdida de mi consciencia—. ¡Ya déjenlo!

El mar, su sonido y olor a sal de color azul con la luz de la arena. Lo místico. Mis pies se hunden levemente, levanto la mirada y camino hacia el agua. Más allá del lenguaje. Cuando me llega a la cintura me sumerjo por completo, nado en las profundidades mucho tiempo, observando, hasta que mi visión se pierde y quiero salir a la superficie. La antítesis. Y despierto súbitamente del sueño.

Estoy en el asiento trasero de un auto, me asomo con dificultad y es mi primo el conductor. No hay nadie más.

—¿Estás bien? —me pregunta y yo sólo asiento—. Ya vamos a llegar a tu casa.

Me ayudó a bajar pues tenía la rodilla inflamada, mis brazos amoratados y mis costillas adoloridas. También en la cabeza me golpearon.

—¿Tú vas a estar bien? —le pregunto.

—No te preocupes, terminaré este acuerdo y ya no volveré a tratar más con ellos.

—*¿Y la bomba?*

—Yo sólo voy a pasar su camión al otro lado —me dice luego de una pausa—. Lo que hagan ellos después ya no es mi problema.

—Podrías delatarlos.

—¿Con quién?

—Una llamada anónima.

—No seas pendejo.

—*Pero-*

—Tú no hagas nada, recuerda que tú no sabes nada y si hablas nos van a matar a los dos. ¿Eso quieres?

—Por supuesto que no.

—Entonces cállate y mantén la calma.

—¿Mantener la calma? *¡Es una bomba atómica!*

—¡Tal vez ni siquiera esté completamente armada! Así que por favor no hables y tranquilízate, no va a pasar nada. Me tengo que ir.

Se fue, suspiré y me quedé mirando el cielo. Pinche Eric, no la vayas a cagar. Me quedé pensando en todo lo que podría pasar si algo sale mal. Incluso si sale bien, que significaría su detonación, estaría de la chingada.

Toda la noche soñé con posibles escenarios dramáticos, una y otra vez la bomba detonando y miles de vidas muriendo en un solo momento.

Me despierta Américo, el gato que tengo, pidiéndome comida con desesperados maullidos. Me levanté al baño, me mojé la cara y miré mi reloj. Es domingo y aún tengo tiempo de llegar a la función en CasAzul. Me visto de prisa, me pongo mi gabardina negra y le doy todo el saco de comida al gato; salgo cojeando hacia el auto y manejo a toda prisa rumbo a la colonia Roma. Encuentro lugar a dos cuadras y, al llegar, saludo a varios conocidos, a unos sólo de vista y aprovecho para presentarme con otros; como Daniela Luque, una joven actriz que va a tomar fotografías de la obra. El muchacho encargado de las entradas me dice que estoy entre los invitados especiales y nos hace pasar con antelación. Daniela se sienta a mi lado, la felicitan porque su montaje fue seleccionado para una muestra de teatro y yo también la felicito. Tercera llamada y comienza la obra entre un océano de patos amarillos que sirven de cama, diversos muebles y objetos varios. La historia acaece en un prostíbulo mediante una exposición de los cuadros que conforman el inmueble y sus particulares problemas ante una revolución inminente. Sin embargo, por más que trato de concentrarme no puedo. Pienso en lo que pasó anoche, en los momentos de tensión y en el funesto destino que probablemente le espera a mi primo.

Recuerdo que la primera escena representa uno de los muchos espacios del prostíbulo, con el obispo; la segunda es con el juez, "la ladrona" y el verdugo; la tercera en el salón de la guerra. Cuarta escena, el salón de las criadas y su rebeldía inspirada en la revolución que se avecina. Quinta, la administración del lugar y, sexta, el salón de las torturas. Todas las actuaciones fueron muy intensas, rítmicas y cubiertas todo el tiempo del contexto que en su conjunto creaban, interpretaban y representaban de manera pasional. Me gustó el sentido lúdico de la locura sexual y su relación con los arquetipos dentro de una providencial transformación social e histórica.

Entonces vino el intermedio y a todo el público se nos pidió salir del foro hasta el inicio del segundo acto. Reviso mi teléfono y tengo treinta y tres llamadas perdidas de mi primo, en ese momento entra un mensaje por WhatsApp de él:

"Ayúdame. Estoy en problemas por haberte ayudado. Tienes que ayudarme…"

Y me envía su ubicación, la sangre nuevamente se me altera, siento el estómago vacío y me pongo muy nervioso. ¿Y yo qué puedo hacer?, me pregunto mientras me tiemblan las manos, respiro agitadamente y siento frágiles las piernas. Me siento como en un hoyo negro del destino. Sin embargo, todos los síntomas del miedo se desvanecieron de un solo golpe cuando la vi. Era Samantha y su sonrisa encantadora, sus ojos profundos y una mirada que ilumina, *literalmente*, la vida. Me acerco, la saludo y platicamos de teatro, de la nueva temporada de su obra y su participación en la ópera Carmen. Me invita a ver *El asesino entre nosotros* en El Galeón y, cuando me estoy sumergiendo en la conversación, reacciono acordándome de la crisis de mi primo, me disculpo con ella por no terminar de ver la función de su hermana y me despido.

En el auto reviso la aplicación de ruta y me sorprende que está en Querétaro, aunque tiene sentido siguiendo la lógica del destino. En una gasolinera de Insurgentes lleno el tanque, en la tienda compro un café y cigarros (ya no fumo pero estoy muy nervioso) y en absoluto silencio me dirijo hacia el periférico norte rumbo a lo impredecible.

El camino del ser oscurecido, las luces semejando todas las posibilidades de riesgo y mi alma atormentada por el devenir.

—*Ha llegado a su destino* —escucho la voz de la aplicación cuando me estaciono a un lado de una enorme y solitaria bodega industrial a la orilla de la ciudad.

¿Y ahora?

Brinco del susto cuando tocan fuertemente mi ventanilla y veo el cañón de una pistola apuntándome. Varios hombres rodean el auto.

—¡Bájate, hijo de tu puta madre! —me ordenan y salgo—. ¡Con las manos en alto!

Me avientan contra el coche, me catean y me meten a una camioneta.

—¿Es un secuestro? —pregunto ya en el suelo.

—¡Cállate!

Minutos después la camioneta se detiene, me bajan violentamente y entramos a la caja de un tráiler que, para mi sorpresa, es una sofisticada oficina ambulante. Muy bien iluminada, muebles pulcros y alfombra sintética. Me sientan en el sillón de una pequeña estancia y unas ocho personas, entre ellas un par de mujeres, me observan detenidamente.

—Así que tú eres Serner… —me dice un gringo alto y güero.

—¿Qué es todo esto? —pregunto al notar la mezcla étnica de los presentes y, sobre todo, de algunos paisanos entre ellos—. ¿Son policías?

El agente Alan Jackson se presenta formalmente y me explica que ya lo saben todo. El plan para cruzar el camión a El Paso, su contenido radiactivo y, algo que me entero hasta ese momento, el objetivo de detonar la bomba en Los Angeles.

—¿Y yo qué tengo que ver?

—No te hagas pendejo. Ya sabemos que estuviste con ellos, ¡que pactaste con ellos!

—¡Pero al final me negué! Eso también deberían de saberlo.

—¡No te negaste! ¡Te mandaron a la verga por pendejo!

—*¡Estaba defendiendo a alguien!*

El silencio prevaleció unos momentos, Jackson tomó una botella de agua y me la ofreció diciéndome:

—Por eso queremos que cooperes con nosotros para evitarlo. De lo contrario te vamos a levantar cargos por *conspiración de terrorismo* y no va a haber juez en el mundo que pueda salvarte de una cadena perpetua. ¿Conoces Guantánamo?

—No.

—¡Pues ahí vas a terminar si no nos ayudas!

—Pero-

—¡Cállate!

Una de las mujeres le indica a Jackson que se tranquilice, éste asiente y voltea a verme.

—¿Y mi primo? —pregunto preocupado—. Está en peligro.

—Tu primo está bien.

—Pero él me escribió diciéndome que lo van a matar por haberme dejado ir. ¿Quién creen que me dio esta dirección? ¡Cómo creen que llegue hasta aquí! Él fue quien… —me percato de su estrategia y engaño—. Fueron ustedes ¿verdad?

Asienten, implícitamente, mirándome fijamente.

—¿Qué tengo que hacer?

Involucrarme de nuevo inventando que estoy arrepentido de haberme negado a participar y que dicho arrepentimiento se debe, sólo y únicamente, al dinero (o si no sospecharán). Tengo que hacer todo lo posible para viajar en el camión, si ya no como chofer al menos de copiloto, pero tengo que estar ahí. Me dan un audífono en el que, al darme la señal, me avisan del preciso momento en que tengo que neutralizarlo y tomar el control del vehículo para estacionarlo mientras ellos someten al resto.

—¿Con neutralizar se refieren a *matar*?

—¡Pon atención! —me regaña Jackson—. En cuanto recibas la señal, vas a dispararle a quien te acompañe en el camión.

Me quedo en silencio, volteo a verlos y todos me miran impasibles.

—¿Están locos? *¡Yo no voy a dispararle a nadie!* No, no, no.

—Pues no hay de otra, o nos ayudas o quedas detenido acusado de terrorismo.

—¿No que sólo era conspiración?

—El negarte a cooperar es una agravante.

—¿Y si mejor…

—Toma —me dan una pistola.

—¿Y si me la quitan y ya no puedo usarla?

Me dan otra pequeña (con todo y pistolera):

—Esta la guardas en el tobillo.

No hubo ningún problema para encontrarme con mi primo, ellos habían intervenido también mi teléfono y, mediante éste, se comunicaron y acordaron con él como lo hicieron conmigo. Todo un discurso, razones e incluso *emojis* para convencerlo. Los agentes me dejaron en el cruce de una calle desierta y de ahí tuve que buscar un taxi por mi cuenta. Ni dinero me dieron para pagarlo, pero bueno, abordé uno y me cobró ochenta pesos por dejarme en un colonia de lujo, una cuadra impresionante de casas y finalmente en una casona blanca, al estilo de Peña Nieto, pero ésta rodeada de un inmenso terreno. Desde el momento en el que el taxi se retira abren la puerta y aparece mi primo, no me pregunta nada y sólo me abraza agradecido de que finalmente voy a acompañarlo.

—¿Y por qué usas tanto *emoji* en tus mensajes? —me dice—. No seas puto.

—Es que yo no… Olvídalo.

Entramos a la casa y el corazón me late muy fuerte, siento frío en las manos y el aire toma extrañas pausas en mi respiración. Estoy nervioso. Muy nervioso. Debo hacerlo, pero tengo miedo. Tengo miedo de morir en el intento.

Pasamos directamente al terreno donde está el camión y nos acercamos al señor Wong, quien discute a gritos través de una llamada telefónica.

—검은 색은 어 됬지?

—¿Qué pasa? —le pregunto a Eric.

—El cubano no aparece. Tal vez lo agarraron.

—No —contesto sin pensarlo y mi primo se me queda mirando—. No creo. Digo, no creo que sea tan güey. ¿O sí?

El señor Wong se acerca a nosotros y, con el ceño fruncido, se dirige hacia mí:

—네 사촌이 너 자신을 무례하게 생각해서 미안하다고 말해.

—Pregunta que si realmente estás arrepentido de haberlo ofendido —me dice mi primo.

—¿A poco ya sabes coreano?

—Ya me había dicho lo que te iba a decir —me aclara rudamente—, no seas pendejo.

Me dirijo, respetuosamente, al señor Wong:

—Discúlpeme por la trifulca de ayer, no pude contenerme al ver que… Bueno, sólo quiero pedirle perdón y volver a tener el honor de trabajar para usted.

—아주 좋아 —me dice luego de una pausa en que me mira sin parpadear, queriendo comprobar mi lenguaje y autenticidad—. 트럭 확인해.

—¿Entonces…

—Dice que me acompañes al camión —me dice Eric.

—¿Vamos a ir juntos? —le pregunto mientras nos encaminamos.

—Sí, los dos juntos.

—Si quieres yo manejo como estaba planeado.

—Sí, si quieres.

—Gracias, primo —le digo y lo abrazo.

—*¿Estás bien?*

—Sí, sí, sí, bien, bien.

Eric sube a la cabina, volteo a mi alrededor y no hay nadie cuando me llega un mensaje por WhatsApp del número de mi primo, bueno, de los agentes que lo intervinieron. Me preguntan en clave si voy a viajar en el camión:

¿Vas a ir al cumpleaños o sólo vas a enviar regalo?, y contesto:

1. "Sí, mi primo y yo".

2. "Puedo convencerlo en el camino".

3. "Así ya no tengo que usar ya saben qué".

4. "¿Siguen ahí?"…

Me interrumpe un fuerte empujón y caigo al suelo, me acechan los dos coreanos, el gordo y el flaco, el primero me descubre el audífono y el segundo recoge mi teléfono y lo revisa.

—그는 스파이 야!

Llega el señor Wong y le muestran mi teléfono, éste lo observa mientras el gordo me desarma.

—개처럼죽을거야! — me grita Wong pronunciando una indescriptible furia en todo su semblante, saca su arma, se agacha para tomarme del cabello y, sometiéndome con dureza, me apunta con rudeza en la cabeza.

—*Wait! Wait!*—exclama mi primo.

El señor Wong carga el martillo de su arma mientras los otros dos sujetan a Eric para que no intervenga.

En ese momento, en que estaba a punto de morir de un balazo en la cabeza, me vinieron a la mente tres cosas horribles en mi vida. El día que nací, cuando la niña de sexto de primaria se negó a ser mi novia enfrente de todos y cuando hace tres años, sumido en la depresión, estuve a punto de aventarme por un balcón. Sin embargo, también en veloces instantes pasaron por mi cabeza hermosos recuerdos. Mis hijos, mis textos de amor y los mágicos momentos en que escribo. Sonreí, aspiré hondo y esperé el sonido del plomo.

¡Bang!

El disparo perfecto de un francotirador atravesó la cara del señor Wong partiéndole, al mismo tiempo, la cabeza en dos. Muchos milímetros en una bala. Poderosas luces nos deslumbraron y los dos coreanos también fueron neutralizados. Entraron muchos agentes y sometieron a mi primo, lo esposaron y lo metieron a una camioneta negra que arrancó velozmente seguida de otra. También entra un equipo de especialistas en explosivos. Una mano me ayuda a levantarme y me sorprendo mucho cuando noto que es el cubano.

—¿No estabas con ellos? —le pregunto, me sonríe de manera condescendiente y me doy cuenta que era un infiltrado—. ¿Y Francesca?

—Se deshicieron de ella —pesadamente contesta.

—¿Quieres que te llevemos a algún lado? —me pregunta Jackson.

—¿Qué va a pasar con mi primo?

—Estará preso por un buen tiempo.

—¿Y la bomba?

—Los expertos ya se están encargando de ello.

—¿Entonces ya me puedo ir?

—Sí, pero no te pierdas —dice por último Jackson—. Tal vez te necesitemos para testificar— y se retira mientras yo me quedo observando a mi alrededor todo el movimiento.

—¿Quieres que te den un aventón? —me pregunta el cubano.

Dos jóvenes agentes, hombre y mujer latinos vestidos de civil, me llevaron en una camioneta al sitio donde había dejado mi auto; pero éste ya no estaba. Se ofrecieron a llevarme al ministerio público pero me negué, les dije que prefería continuar solo.

Se lo había llevado la grúa y, cuando fui por él, me cobraron mil cuatrocientos pesos para poder retirarlo. Pinches manchados. Metí la llave, quise arrancar pero éste no respondió *nada*. Abro el cofre y me robaron el motor. Cinco mil quinientos pesos por arrastrarlo hasta la ciudad de México. Ni modo, tuve que pagarlo con la tarjeta que nunca uso y éste llegaría al día siguiente; me dan mi recibo, reitero la instrucción de dejarlo en el taller de un amigo en Coyoacán y camino hacia la carretera buscando un taxi. Minutos después, mientras el sol se esconde, pasa uno libre que amablemente se detiene ante mi brazo alzado.

—¿Adónde? —me pregunta.

—¿Cuánto me cobras hasta México?

—Por qué zona.

—Por el metro Auditorio.

—Mil quinientos.

—¿Pesos?

—¡Ni modo que dólares!

—Sólo preguntaba.

En el silencioso camino cerré los ojos y, paulatinamente, reflexioné en los detalles de la vida, en los actos cotidianos y las cosas pequeñas que forman el gran día. Sentí que tenía que valorar dichas situaciones y no sólo sumergirme en la pura teoría y ansiedad literaria; sentí que debía salir más sin estar escribiendo todo el tiempo y dejar que sea la vida misma la que me conteste y no sólo la voz del cosmos a través de papeles filosóficos. *¿Qué buscas?* No lo sé, pero no puedo detener este impulso hacia la luz de una poesía trascendental, aquella que sueño pero que aún no escribo, el vehículo hacia la gloria que te dice que ya no hay nada más que decir. Es como la inalcanzable nuez que persigue la ardilla dientes de sable.

—¿En dónde lo dejo exactamente? —me despierta el taxista con su pregunta.

—¿Conoces el teatro El Galeón?

—Sí.

—Ahí me dejas. Pero antes pasa por un puesto de flores.

fin

El Indio Filósofo